속 깊은 무관심

김수현 에세이

낮은산

차 례

2부 내 세상에 없던 단어를 맞이하며

우리는 저마다 무언가를 기다리고 있다

"울 엄마가 너랑 놀지 말라더라?"

드라마에서나 나올 법한 말을 실제로 들었던 적이 있다. 몇몇 작은 빌라가 모여 있는 동네에선 비밀을 만들기 어려웠다. '나는 부모가 없습니다' 떠벌리고 다니지 않아도, 동네 사람들은 자연스럽게 그 사실을 알게 되었다. 일곱 살이었던 나는 놀이터에서 열심히 모래를 파고 있었다. 고개를 들어 해를 등지고 선 친구를 올려다봤다.

"왜?"

친구는 어깨를 으쓱할 뿐이었다. 말을 하는 친구나 듣는 나나 영문을 모르는 얼굴로 서로를 바라봤다. 나는 '그럼 앞으로 어찌해야 하나' 싶은 심정으로 머뭇거리다가 다시 하던 일을 마저 했다. 나와 놀

앉다가 친구가 진짜 혼이라도 날까 봐 걱정하는 마음
도 있었지만, 그런 말을 한 친구가 미워서 최선을 다
해 입을 다물고 모른 척했다. 나도 모르게 친구에게
말을 건넬까 봐 구덩이를 파는 데 열중했다. 친구를
안달 나게 하고 싶었다. 세상에 이보다 더 재미난 일
은 없다는 듯이 손으로, 나뭇가지로, 근처에 버려진
플라스틱 숟가락으로 열심히 모래를 팠다. 친구는 그
자리에 멀뚱히 서서 나를 지켜보다가 "물을 부으면
더 잘 파질걸?" 하고는 근처 수돗가로 뛰어갔다. 힐
끗 쳐다본 친구의 뒷모습에서 내 작전이 조금 성공한
것처럼 보였다. 땅을 파던 손끝이 저릿저릿했다.

　오래전 내가 조손 가정에서 자랐다고 고백했을
때, 친구 한 명은 '전혀 몰랐다'라는 말을 남겼다. 내
가 웃으며 "당연히 몰랐겠지, 내가 말을 안 했는데"
하고 얘기하자 친구의 낯빛은 더 어두워졌다. "아니,
밝고 잘 웃어서 그런 아픔이 있는 줄 몰랐어. 네가 그
렇게 힘든 줄도 모르고……" 당장이라도 울음을 터
뜨릴 것 같은 친구 얼굴에 어떤 표정을 지어야 할지
몰라 난감했다. '그게 반길 일은 아니지만, 그렇다고
매일 힘들고 슬픈 일은 아니야' 하면서 되레 내가 친

구를 위로해야 했을까.

불우. 불우는 한자로 아닐 불(不)과 만날 우(遇)라는 뜻이 있다. 아직 무언가를 만나지 못한 사람. 세상 사람들 머릿속에서 불우는 불행으로 쉽사리 미끄러지지만, 나는 '불우'라는 단어에서 처지가 딱한 사람 대신, 아직 닿지 못한 장소, 맺지 못한 관계, 오지 않은 시간을 가만히 기다리는 사람의 얼굴을 떠올린다. 동트기 전 새벽의 푸른 적막을 고요히 바라보는 얼굴. 곧 떠오를 무지개를 기대하며 빗소리를 가만히 듣는 얼굴. 불우의 세계란 이런 것인지도 모른다.

불우의 세계가 온통 회색빛으로 채워져 있지만은 않다는 것, 어떤 부재와 부족이 삶을 통째로 남루하게 만들지는 않는다는 것을 이야기하고 싶었다. 슬픈 시간을 한 발짝 건너면 웃을 일이 기다리고 있었고, 사방의 모든 문이 닫힌 것처럼 막막한 순간에도 문틈으로 빛이 새어 나왔다. 무엇보다 내겐 부모-자식으로 구성된 가족보다 더 넓고 유연한 가족이 있었다. 할머니와 고모, 고모부라는 이름을 단 가족 덕분에 부모 없는 내가 주저 없이 '엄마'가 될 수 있었다.

어쩌면 사람은 모두 불우한 존재인지도 모른다.

우리는 저마다 무언가를 기다리고 있으니까. 나의 이야기가 '불우'라는 닫힌 세계에 웃기고 따뜻하고 반짝이는 틈을 낼 수 있다면 바랄 게 없겠다.

완연한 봄과 연한 초여름 사이에서

김수현

1부

이유를 다 아는 사람처럼

어느 멋진 날

그날은 비가 많이 내렸다. 비는 1층짜리 가게들과 반지하 집들이 잠길 정도로 무섭게 쏟아졌다. 한낮이었대도 창문 밖은 먹지를 감은 듯 어두웠다. 밖은 비가 내리치는 소리와 사람들의 고성으로 가득했다.

　나의 눈은 평소와는 다르게 부산스럽게 움직이는 엄마와 이모, 이모부를 부지런히 쫓았다. 셋은 정신이 나간 사람처럼 보였다. 서랍과 장롱에 있던 물건들을 보자기와 커다란 비닐봉지에 쓸어 담았다. 챙기는 건지, 버리는 건지 모를 정도로 손에 잡히는 건 뭐든 비닐봉지로 들어갔다. 여섯 살이었던 나와 한 살 어린 동생은 키가 작아 어른들 품에 안겨야 했다. 나보다 겨우 두 살 많았던 사촌 오빠는 오빠라는 이유로 머리에 짐을 이고 빗속을 걸었다. 드르륵 방문을

　　　　　　　　이유를 다 아는 사람처럼

열자 가게 문틈으로 빗물이 왈칵왈칵 쏟아져 들어오고 있었다. 이미 가게 안으로 흘러 들어와 찰랑대는 빗물은 방문을 넘을 기회를 엿보고 있었다.

엄마에게 안겨 나오며 어깨 너머로 비에 잠겨 가는 철물점 내부를 바라보았다. 어두운 가게 안에는 누구에게도 당겨져 본 적 없는 손잡이와 무엇도 지탱해 본 적 없는 못, 어떤 것도 스쳐 본 적 없는 망치들이 가지런히 놓여 있었다. 단 한 번도 쓰인 적 없지만 앞으로 녹슬 일밖에 남지 않은 것들이 자신의 운명에 항복한 듯 조용하고 고요하게 누워 있었다.

활짝 열린 철물점 문 너머로 가게 안에 딸린 시커먼 방이 조금씩 멀어졌다. 엄마, 나, 동생과 이모, 이모부, 사촌 오빠까지 여섯 명이 함께 몸을 뉘었던 우리의 방이자 집이었던 곳이 누군가의 습격을 받은 것처럼 엉망이 된 채 침묵하고 있었다. 밤이면 천장에 조악하게 붙은 야광별을 바라보며 옆에 있는 엄마 손을 꼭 잡았다. '엄마, 사랑해. 알라뷰' 하고 어두운 허공에 말을 던지면, '응. 엄마도' 하는 음성이 되돌아오던 우리의 방. 아빠가 돌아가시기 전까지는 네 사람이 함께했던 방. 팔 한쪽에 링거를 꽂은 채 구겨진 휴지 조각처럼 누워 있던 아빠가 텅 빈 눈동자로 바라보던 TV 위엔, 늦은 저녁 어른들이 외출할 때 틀어 주던 〈요괴 인간〉과 〈소공녀〉테이프가 놓여 있었다. 다시 들어가 그것들을 챙기고 싶었지만, 비에 발이 닿으면 나조차도 녹이 슬 것만 같았다.

가게 밖은 동네 사람들로 가득했다. 어제까지만 해도 뛰어다녔던 길은 빗물로 흔적도 없이 사라졌다. 비는 사람들의 옷과 집 속으로 빠르게 스며들었다. 무릎이 사라진 사람들은 있다고도 없다고도 하기 어려운 길 위에서 온 힘을 다해 이동하고 있었다. 손바닥에 떨어지는 비는 투명했지만, 엄마의 다리를 삼켜 버린 빗물은 세상의 모든 불순물을 머금은 듯 탁하고 어두웠다. 빗물은 사람들 다리 사이를 매섭게 지나쳐 흘러갔다. 얼굴 위로 흐르는 비 때문에 앞을 보기 어려워 연신 한 손으로 닦아 냈지만 소용없었다.

"수현아, 아저씨한테 안겨."

엄마는 이모에게 안겨 있던 동생을 챙기기 위해 카센터를 하는 아저씨에게 나를 건넸다. 아저씨는 팔을 벌려 나를 안으려 했지만 나는 고개를 저으며 엄마 목덜미를 더 꼭 끌어안았다. 하는 수 없이 나 대신 동생이 아저씨 품에 안겼다.

사람들은 앞으로 나아간다기보다 서서히 늪으

이유를 다 아는 사람처럼

로 빠지는 것처럼 보였다. 저마다 급하게 챙긴 짐들
이 머리 위에 올라 있었다. 비가 거세게 내리붓고 있
었지만 아무도 우산을 쓰지 못하는 딱한 광경이었다.
나는 발에 빗물이 닿을까 몸에 힘을 주고 엄마 목을
더 세게 끌어안았다. 엄마는 몇 번이고 나를 고쳐 안
으며 빗속을 걸었다. 그 순간 나는 엄마의 가장 크고
무거운 짐이었다.

　힘겹게 물을 헤쳐 간 끝에 사람들이 닿은 곳은 어
느 건물 2층이었다. 어른들은 좀 전까지의 담담한 모
습은 온데간데없이 차가운 바닥에 주저앉아 눈물을
쏟아 냈다. 녹슬 일만 남은 건 가게 안 철물들뿐만이
아니었다. 모두가 비에 젖은 손잡이와 못과 망치 같
았다. 어디에도 쓰일 수 없는 초라한 모습들. 비는 진
즉에 그쳤지만 대신 사람들 눈물이 비처럼 내렸다.
비에 젖은 옷소매가 또다시 젖었다.
　강당에 있기 심심했던 나는 동네 아이들과 함께
2층 계단에 앉아 떠내려가는 빗물을 하염없이 바라
보았다.
　"와! 여기서 수영하고 싶다, 그지? 어푸어푸."
　내 옆에 앉은 남자아이가 활짝 웃으며 팔을 어설

프게 휘저었다. 그 아이 말에 주변에 있던 또래들이 까르르 웃었다. 계단을 타고 내려온 어른들 울음소리가 잠시나마 아이들 웃음소리 속으로 사라졌다. 나는 빗물 속에서 수영하는 상상을 했다. 상상 속의 나는 프릴이 달린 원피스 수영복을 입고 허리춤에 튜브를 낀 채 즐겁게 발장구를 쳤다. 그러다 뜰채로 빗물에 떠내려가는 요괴 인간과 소공녀 비디오테이프를 건져 내고, 사방으로 흩어진 못과 나사도 건져 냈다. 상상 속의 못과 나사는 반짝반짝 윤이 났다.

가난은 너무 쉽게 진다. 쉽게 꺾이고 쉽게 가라앉고 너무나 쉽게 백기를 들었다. 햇볕에 말라 버리면 그만인 빗물에도 쉽게 자신의 자리를 내주었다. 가져갈 것도 없는 곳에서 거센 비가 악착같이 휩쓸고 간 자리엔 가난마저 텅 비어 있었다.

카센터 아저씨는 여름 해가 자기 앞에 뜨기라도 한 듯 찡그린 표정으로 허리춤에 손을 올린 채 카센터를 바라보았다. 이모는 철물점 입구에 쪼그리고 앉아 무릎에 얼굴을 묻은 채 어깨를 들썩이고 있었다. 엄마와 이모부는 말없이 철물점에 남아 있는 물건들을 밖으로 날랐다. 가게가 어떻게 변했는지 궁금한 아이들이 안쪽으로 발걸음을 옮길라치면 어른들은 손을 휘저으며 나가라고 소리쳤다. 아이가 봐선 안 되는 끔찍한 것이 안쪽에 숨어 있기라도 하다는 듯.

어른들이 울고 있을 때, 아이들은 새로운 놀이터를 발견한 듯 미끄러운 진흙 바닥 위를 웃으며 달렸다. 나 역시 마찬가지였다. 그게 시작인지도 모르고. 엄마와 이별의 출발선에 선 것도 모른 채 나를 잡으러 달려오는 친구로부터 그저 멀리멀리 달아날 뿐이었다. 한바탕 비가 쏟아진 뒤 맑게 갠 하늘이 눈부실 정도로 밝은 날이었다.

두 개의 구덩이

할머니와 살았던 집 뒤편엔 제법 큰 놀이터가 있었다. 소란스러운 소리에 안방 베란다에서 놀이터를 내려다보면 아이들의 까만 머리통이 어지럽게 날뛰고 있었다. 놀 친구가 없는 날엔 아이들을 구경하는 것만으로도 시간이 금방 흘렀다. 나 역시 하루 중 절반은 놀이터에서 친구들과 시간을 보냈다. 경사가 급한 미끄럼틀을 거꾸로 오르거나 그네에 엉덩이 대신 배를 깔고 누워 개구리 자세를 하고 발을 굴렀다. 놀이터 바닥에 깔린 흙으로 두꺼비 집을 만들다가 손가락으로 그림을 그리기도 했다. 몇몇 아이들은 놀이터 아래에 보물이 숨어 있다고 믿기라도 하는 듯 열심히 구덩이를 팠다. 구덩이가 아래로, 아래로 깊어질 때면 어김없이 커다란 목소리가 들려왔다.

이유를 다 아는 사람처럼

"야! 구덩이 파지 마!"

모두 놀이를 멈추고 소리 나는 쪽을 바라보았다. 얼음땡을 하던 술래와 도망자의 다리가 멈추고, 하늘까지 올랐던 그네가 허겁지겁 땅으로 내려왔다. 시끄러웠던 놀이터가 순식간에 아이들이 어디론가 사라진 것처럼 조용해졌다. 나는 그 목소리의 주인공이 우리 할머니인 것을 단박에 알아차리곤 일부러 쳐다보지 않았지만, 친구들은 반사적으로 나를 흘깃거렸다. 굳은 내 표정을 읽은 눈치 빠른 친구들은 별다른 말을 하지 않았다. 우린 하던 놀이를 이어 갔지만, 온 신경은 할머니와 구덩이를 파던 아이들에게 쏠려 있었다.

"땅을 왜 파! 땅 파지 마!"

요란하게 떠든 것도 아니고, 욕을 한 것도 아니고, 누굴 괴롭히던 것도 아니었던 아이들은 조금 어리둥절한 표정이 되어 서로를 바라보다가 어깨를 으쓱했다. 정말 우리한테 화를 내는 게 맞는 건가? 싶은 얼굴들이었다.

"그걸 왜 파고 있어! 하지 마!"

한 아이가 할머니 성화에 손에 묻은 모래를 털어 내며 겨우 '네-' 하고 대답했다. 아쉬움이 가득한 얼굴이었다.

"그냥 노는 건데⋯⋯."

한 아이가 들릴 듯 말 듯 작게 중얼거리며 입을 삐
쭉거렸다. 잘못한 게 하나도 없는데 혼이 난 것이 영
못마땅해 보였다. 아이들은 우리 집 베란다를 흘깃거
리다가 자리를 떠나지 않고 감시하는 할머니 기세에
주눅이 들어 자리를 떴다.

"이상한 할머니야."

아이들은 놀이터에서 멀어지며 자기들끼리 수군
거렸다. 이 상황을 지켜보던 다른 아이들도 덩달아
할머니 눈치를 봤다. 아이들이 떠난 자리엔 깊은 구
덩이 몇 개가 남아 있었다.

할머니는 미신을 믿었다. 문지방 밟고 서지 마라,
밤에 휘파람 불지 마라, 다리 떨지 마라, 밤에 손톱 깎
지 마라⋯⋯. 내게 늘 같은 말을 했다. 복 달아난다고.
그놈의 복이 뭐기에 하지 말라는 게 이렇게나 많을
까. 그걸 다 지켜서 우리가 겨우 이렇게 살고 있나. 할
머니 잔소리에 속이 배배 꼬였다. 할머니가 '집 근처
에 구덩이를 파면 누군가 죽는다'는 허무맹랑한 이야
기를 입 밖으로 낼까 봐, 그래서 아이들에게 '이상한

이유를 다 아는 사람처럼

할머니'에서 '미친 할머니'가 될까 봐 불안했다.

"놀이터에 대고 소리 좀 지르지 마! 창피해 죽겠어!"

할머니는 숨을 크게 몰아쉬며 TV를 보고 있었다. 내가 뒤에서 씩씩대도 돌아보지도 않았다. 할머니 어깨가 호흡에 따라 들쑥날쑥 움직이고 있었다.

"땅 좀 파고 놀면 어떻다고!"

성질을 못 이겨 소리를 버럭 질렀을 때, 내 발밑으로 베개가 날아왔다. 나를 바라보고 있는 할머니는 무언가를 원망하는 사람의 얼굴을 하고 있었다. 한참을 문지방에 서서 할머니를 노려보다 작은방 문을 거칠게 닫고 들어왔다. 할머니에게 땅을 파던 아이들의 손은 무엇이었을까. 놀이터에 파인 구덩이는 할머니에게 어떤 의미였을까.

할머니가 경험했던 죽음 중 자연스러운 건 하나도 없었다. '갈 때가 되면 간다'는 세상의 진리는 할머니 삶엔 없는 말이었다. 같은 해, 같은 달, 같은 주에 교통사고로 남편이 죽고 병으로 큰아들마저 죽었을 때, 할머니에게 죽음은 살가죽을 뒤집어 놓는 고통으로 다가왔다. 이유도, 의미도 없는, 신의 심심풀이 장난에 어이없고 억울하게 걸려들었다고 느꼈을지도 모른다. 무심하게 12월의 언 땅을 파내는 사람들 주변으로 쌓여 가는 흙더미를, 흙이 쌓일수록 깊어지는 구덩이를 할머니는 무슨 마음으로 지켜보았을까. 남편에 이어 아들 무덤이 만들어지는 과정을 지켜보는 일이 할머니에겐 형벌 같았을 것이다. 짓지도 않은 죄를 회개하며 땅에 몸을 웅크린 채 오열하는 할머니 곁에 계속해서 높아지는 흙더미. 할머니의 둥근 등은 그 흙더미와 똑같은 모습을 하고 있었을 것이다. 두 개의 무덤이 할머니 앞에 솟아났을 때 '죽음'은 더는 지금까지 할머니가 알던 '죽음'이 아니었다.

손녀 하나는 남의 집에 보내고, 남은 손녀를 자신이 키워야 하는 기구한 일이 두 개의 구덩이로부터 시작되었다. 할머니는 기막힌 죽음을 구덩이와 떼 놓고 생각할 수 없었다. 할머니에게 구덩이는 죽음의 표상이었다.

"야, 여기서 땅 파면 어떤 할머니가 욕한다."

땅을 파며 노는 아이들 주변으로 한 남자아이가 다가와 말했다. 정신없이 모래를 뒤집던 아이들이 고개를 올려 쳐다보았다. 나 역시 그네를 멈추고 그의 입에 집중했다.

"땅 파지 말라고 할머니가 막 소리 질러. 땅 파지 마, 새끼야!"

아이는 삿대질을 하며 할머니 흉내를 냈다. 그의 행동에 주변 아이들이 웃었다. 웃지 않는 애는 나뿐이었다. 할머니는 삿대질을 한 적도 없고, 새끼라는 말을 한 적도 없지만 내가 없을 때 그랬을지도 모를 일이었다.

"왜 파지 말래?"

"몰라. 미쳤나 봐."

아이들이 또 까르르 웃었다. 왜 파지 말라고 하는지 그 이유에 대해 각자 입을 놀렸다. 구덩이에 개들이 똥을 쌀까 봐, 자기가 걷다가 빠져서 넘어질까 봐, 시체를 숨겨 놨는데 들킬까 봐. 서로의 답변에 아이들은 허리를 꺾어 가며 웃었다. 그렇게 한참 떠들다 곧 시시해졌는지 손을 털고 자리를 떴다.

나는 그네에서 내려와 구덩이를 내려다보았다. 발한쪽을 넣어 보니 내 정강이쯤 오는 깊이였다. 할머니뿐만 아니라 그 누구도 절대 누울 수 없는 깊이와 넓이였다. 나는 구덩이를 파면서 만들어진 모래 더미를 힘껏 밟았다. 아이들이 쌓아 놓은 모래 더미는 힘

없이 무너졌다. 두어 번 더 발길질을 해서 구덩이를
없앤 뒤에야 집으로 돌아왔다.

이유를 다 아는 사람처럼

손톱 깎아 주는 마음

유독 눈이 침침한 할머니에게 완두콩만 한 내 손톱은 작아도 너무 작았다. 돋보기라도 있으면 좋았겠지만, 글자를 모르는 할머니에게 돋보기는 집에 둘 만큼 긴요한 물건이 아니었다. 할머니는 내 손톱을 자를 때마다 손을 눈에서 멀찌감치 두고 눈을 가느스름하게 떴다. 손톱깎이를 천천히 가져다 대는 할머니의 조심스러운 몸짓이 나를 더 불안하게 만들었다.

　"아휴. 뭔 놈의 손톱이…… 가만있어 봐……."

　딸깍, 하는 소리와 함께 '악!' 내지르는 비명도 함께 울렸다. 손톱깎이 날에 살점이 집힌 나는 앓는 소리를 해 가며 뒤로 발라당 누웠다. 손을 쥐고 발을 동동거리며 죽는시늉을 하는 바람에 다섯 손톱도 채 자르지 못하고 멈추고 말았다. 나는 손톱깎이를 할머니가 찾을 수 없는 곳에 숨겨 두거나, 할머니 입에서 '쓰메끼리'라는 단어가 나오면 방문을 걸어 잠그고 나오지 않았다. 손톱 대신 머리카락이나 빨리빨리 자라면 좋으련만. 내 바람과는 다르게 야속하게도 손톱은 계속 자랐다.

나이 육십이 훌쩍 넘어 여섯 살 어린 손녀를 맡아 키우게 된 할머니는 나를 먹이고 씻기고 입히고 재우며 늦은 육아를 다시 시작했다. 할머니는 내게 밥을 해 주고 시장에서 내 또래 여자아이들은 절대 입지 않을 법한 옷을 사 와 입혔다. 가사를 모르는 옛 자장가를 흥얼흥얼 불러 주고 엄마를 찾으며 우는 내 눈물을 닦아 주었다. 나 역시 할머니 귀에 귀고리를 걸고, 할머니가 건넨 바늘에 실을 꿰었다. 밀가루 봉지에 작은 글씨로 적힌 유통기한을 읽고, 시간에 맞춰 드셔야 할 약을 챙겨 드렸다. 할머니와 나는 각자의 방식으로 서로를 보살폈지만, 우리의 돌봄은 꼼꼼하지도 완벽하지도 못했다. 긴 손톱이나 뒤꿈치가 해진 양말, 때가 채 빠지지 않은 옷소매 같은 사소한 것들에서 엄마의 부재는 쉽게 티가 났다.

내 손톱이 반듯하게 잘려 나간 건 유치원 선생님

이유를 다 아는 사람처럼

의 손에서였다. 선생님은 당시 미스코리아들이 하는 사자 갈기 같은 풍성한 웨이브 머리에 두꺼운 뿔테 안경을 쓰고 있었다. 마른 얼굴에 턱이 유난히 뾰족해서 날카로운 인상을 풍겼다. 목엔 알이 굵은 진주 목걸이를 하고 다녔는데 항상 어두운 계열의 옷을 입어서 그런지 유독 희고 반짝여 보였다. 선생님이 앞에서 무슨 설명을 할 때면 나는 멍하니 선생님 목에 걸린 진주 개수를 세곤 했다.

우리 반 선생님은 다른 반 선생님들처럼 아이들에게 살갑거나 상냥하지 않았다. 유치원은 피아노 학원을 동시에 운영하고 있었는데, 선생님은 우리 반과 피아노 지도를 도맡아 하고 있었다. 피아노를 배우는 몇몇 아이들은 선생님이 무섭다며 배우기 싫다고 소곤거렸다.

건반을 잘못 누르면 손가락을 자로 탁 때리며 "미!" "파!" 하고 째려보는 선생님을 아이들이 흉내내면, 괜히 내 어깨까지 움츠러들었다. 선생님은 피아노를 배우는 아이들뿐만 아니라, 자신이 담당하고 있는 반 애들에게도 그다지 친절하지 않았다. 율동 시간에 아이들이 신나서 팔다리를 움직일 때도 무표정한 얼굴로 피아노 건반을 두드리거나, 어디선가 싸움이

나서 한쪽이 질질 울고 있을 때도 말없이 미간을 찌푸린 채 한참을 쳐다만 보고 있을 뿐이었다. 선생님의 침묵에 주변 아이들은 우는 아이 얼굴과 굳은 선생님 얼굴을 번갈아 바라보며 눈치를 봤다. 아이의 눈물이 차츰 가라앉으면 선생님은 그제야 입을 열었다.

"다 울었어? 가서 얼굴 닦고 와."

선생님 말에 아이는 한결 차분해진 얼굴로 화장실로 향했다. 왜 울었니, 왜 싸웠니, 왜 그랬니, 친하게 지내야지 같은 말은 일절 없었다. 실컷 울고 난 뒤에 꼭 눈물을 닦아라, 하는 주의가 고작이었다. 피아노를 배우는 아이들에게도 악보를 잘 봐야지, 다시 쳐 볼까 같은 말은 하지 않았다. 틀리는 순간 작은 자를 손등에 튕길 뿐이었다. 아이들은 선생님의 냉담한 태도에 골이 나서 다른 반 담임 선생님이 우리 반 선생님이었으면 좋겠다고 작게 투덜거렸다. 아이들 말에 나도 고개를 끄덕였다.

하원 시간을 앞두고 아이들이 하나둘 집으로 갔다. 나는 할머니를 기다리며 친구와 교구를 만지작거리며 놀고 있었다. 대뜸 선생님이 나를 불렀다. 갑작스러운 호출에 내가 무슨 잘못이라도 한 건가 싶어 목

울대가 울렁거렸다. 선생님은 아이들이 다 빠져나간 5세반으로 들어갔다. 쭈뼛거리며 교실로 들어가자 선생님은 아이들이 앉는 작은 의자에 앉았다.

"이리로 와. 앉아!"

사자 앞 한 마리 토끼처럼 잔뜩 기가 죽은 채 선생님 옆자리에 조심스레 앉았다. 선생님은 어떤 언질도 없이 내 손을 챘다. 영문도 모른 채 손이 잡힌 나는 그제야 선생님 손에 들린 손톱깎이가 보였다.

딸깍-

놀라 손을 빼 내기도 전에 순식간에 손톱이 잘려 나갔다. 오로지 손톱만 초승달 모양으로 깔끔하게 잘렸다. 왜 아프지 않을까. 그게 궁금해 선생님이 쥐고 있는 내 손에 얼굴을 바짝 들이댔다.

"얼굴 치워. 손톱 튀어."

얼른 얼굴을 뺐다. 선생님 손에 붙들린 내 손을 바라보다가 선생님 얼굴로 시선을 옮겼다. 내 손톱에 온 신경을 모으느라 미간에 살짝 주름이 잡혀 있었다. 괜스레 긴장되어 침을 꼴깍 삼켰다.

"손에 힘 좀 빼."

선생님이 피식 웃으며 말했다. 긴장감에 부채꼴 모양으로 활짝 벌어져 있던 손에서 천천히 힘이 빠졌다.

딸깍- 딸깍-

조금 전까지도 소란스러웠던 교실엔 오직 선생님 숨소리와 손톱이 잘려 나가는 소리만 들렸다. 정적이 어색해 다리를 폈다 오므리며 일부러 작은 소리를 내었다. 웅크린 선생님 머리 위로 늦은 오후의 햇살이 길게 비추었다. 먼지들이 교실 안에 조용히 부유하고 선생님 목에 걸린 진주 목걸이는 햇살을 튕겨 내며 빛났다.

"후."

손등 위로 선생님의 입바람이 불었다. 나는 손가락을 활짝 펴 정돈된 손톱을 바라보았다. 아프지도, 피가 나지도 않았는데 말끔해진 손톱이 신기하고 어색하면서도 마음에 들었다.

"이제 가"

나는 작게 '네-' 하고 대답한 뒤 교실을 나왔다. 문을 닫고 까치발을 들어 창문으로 교실을 들여다보았다. 선생님은 자리에서 일어나 휴지통으로 다가갔다.

거기까지만 보고 가방을 챙겨 유치원을 나왔다. 계단을 내려가며 중간에 두어 번 멈춰 손가락을 쫙 펴 보았다. 몸의 일부가 잘려 날아갔지만, 내 안은 무언가로 가득 차오르는 기분이었다. 내 손끝에 집요하게 따라붙던 시선들도 함께 싹둑 잘려 나간 것 같았다.

왜 손톱을 자르지 않니, 깔끔하게 하고 다녀야지, 손톱 좀 자르고 와 같은 말을 하는 대신 선생님은 내 손톱이 긴 이유를 다 아는 사람처럼 그저 말없이 손톱을 잘라 주었다. 무뚝뚝하지만 속 깊은 무관심이 손끝을 시작으로 내 속 깊은 곳까지 따뜻하게 물들이는 것 같았다. 이후 내가 자라면서 스스로와 다른 이를 할퀴거나 상처 주지 않았던 것은 어쩌면 그 단정한 손톱 때문일지도 모르겠다. 움켜쥐었던 주먹에 힘을 빼고 손톱을 깎던 그때처럼 활짝 펴 본다.

붉은 원숭이 조련사, 막내 고모

나의 일주(日柱)는 병신(丙申)이다. 어감부터가
뭔가 쌔-한 병신은 붉은 원숭이를 의미한다. 이 붉은
원숭이 날에 내가 태어났다. 그래서였을까. 중학교
시절, 나는 미쳐 날뛰는 한 마리 원숭이 같았다. 할머
니는 내게 나대지 마라, 설치지 마라, 까불지 마라, 하
며 주의를 줬지만 넘치는 흥을 주체할 수 없었다. 매
일 아침, 수업이 시작되기 전 교실에선 아이들이 동
그랗게 모여 깔깔 웃고 있었다. 그 중심에 내가 있었
다. 나는 어제 본 드라마〈왕초〉의 '맨발'을 흉내 내거
나 당시에 한창 인기를 끌었던 토크쇼에서 나온 이야
기를 각색해 떠들었다. 입과 손이 쉴 새 없이 움직였
다. 내 이야기를 듣는 친구들은 허리를 접고 웃거나
허리를 뒤집고 웃었다. 1교시 종소리가 울리고 나면

이유를 다 아는 사람처럼

그제야 아이들은 눈물을 훔치며 자리로 돌아갔다.

나는 친구들 사이에서뿐만 아니라 선생님들 사이에서도 유명 인사였다. 점심을 먹고 나른해지는 5교시가 되면 선생님은 나를 호출했다.

"김수현, 나와서 애들 잠 좀 깨워라."

선생님 입에서 내 이름이 나오면 일말의 망설임도 없이 용수철처럼 자리에서 벌떡 일어나 교탁 앞으로 성큼성큼 걸어갔다. 그러고는 잘나가는 연예인의 성대모사나 최신 유행어를 남발하며 아이들을 웃겼다. 웃음소리가 가장 컸던 건 학교 선생님들 성대모사였다. 마지막으로 옆에 서 있는 선생님 말투를 따라 하면 수업시간엔 듣기 힘든 폭발하는 듯한 웃음소리로 교실이 가득 찼다. 자기 모습을 흉내 내는 나를 보며 웃던 선생님은 긴 회초리로 머리를 톡 때리며 "야 인마, 내가 언제 그랬어. 이제 들어가" 하며 나를 자리로 돌려보냈다. 내 주변 사람들은 매일 미쳐 날뛰는 시뻘건 원숭이를 보았다.

무대에 서는 원숭이에게 조련사가 있듯 내게도 '김복자'라는 이름의 조련사가 있었다.

"세상에 이름이 복자가 뭐니 복자가. 어휴 쪽팔

려. 사람들이 고모 이름 들으면 다 웃어!"

 이름만으로도 사람들을 웃게 만드는 복자 고모는 김가네 여섯 남매 중 막내딸로 태어났다. 언젠가 할머니가 지나가는 말로 막내 고모를 임신했을 때, 형편이 여의찮아 지우려 했다가 한 점쟁이가 다른 자식들이 할 효도를 배 속 아이가 할 거라는 이야기를 듣고 낳았다고 했다. 그때 꾼 태몽이 호랑이였다는 말도 들었다. 나는 마치 단군신화를 듣는 것처럼 고모의 탄생 비화를 들으며 진짜 할머니가 막내 고모를 낳지 않았더라면 어쩔 뻔했나, 가슴을 쓸어내렸다. 꽤 용한 점쟁이였던지 그가 장담한 대로 막내 고모는 다른 자식들의 효도까지 대신해 할머니를 모셨고 본인의 큰오빠 딸인 나까지 거둬 키웠다.

 복자 고모는 타고난 무대 체질이었다. 회사에 큰 행사가 있으면 늘 자진해서 사회를 보거나, 수화 동아리인 청림회에 들어가 한 달에 두어 번 마로니에 공원에서 수화 공연을 했다. 한번은 고모를 따라 대학로에 가서 공연을 보았는데, 흰 셔츠에 청바지를 입고 흰 장갑을 낀 고모는 말 그대로 물 만난 물고기였다. 사람들은 가요나 동요에 맞춰 수화하며 춤추는 그녀를 흥미롭게 바라보며 박수를 쳤다. 고모도 할머니한테 얼마나 많이 나대지 말라는, 설치지 말라는, 까불지 말라는 말을 듣고 자랐을까. 그래도 고모가 많이 나대기를, 설치기를, 까불기를, 그래서 이렇게 많은 이의 박수를 받기를 나는 마로니에 공원 구석에 쪼그려 앉아 기원했다.

고모는 본인에게 주어진 끼를 내게 물려주려는 듯, 자주 연기를 시키곤 했다. 일곱 살이 되는 설날엔 세배하는 법을 알려 준다면서 마지막엔 '봉투 봉투 열렸네~' 하는 노래와 함께 두 손을 모았다 폈다 하는 시늉을 곁들이게 했다. 신인 배우에게 연기 지도하는 감독처럼 음의 높낮이, 세배 후 엎드려 있다 고개를 들었을 때 익살스럽게 보이는 표정까지 디테일하게 지시하면서 고모는 깔깔 웃었다. 나는 고모의 조련에 제법 부응했고, 천진난만한 표정과는 다르게 노골적으로 세뱃돈을 요구하는 일곱 살 아이 모습에 어른들은 자지러지게 웃으며 지갑을 열었다. 고모의 지도는 거기서 끝나지 않았다. 고모는 늘 수현이는 예쁘니까 미스코리아에 나가야 한다며 또 다른 연기를 지도했다. 미스코리아에 나가려면 수상 소감을 연습해야 한다는 명목하에 나는 받을 리 없는 상에 대한 수상 소감을 연습했다. 내 첫 무대는 지금은 얼굴도 희미한 먼 친척들이 모인 할머니 집 거실이었다. 고모는 미스코리아 선발대회 MC처럼 숟가락을 마이크 삼아 앞에 나가 내 이름을 불렀다.

"미스코리아~ 진! 두구두구두구…… 김! 수! 현!"

고모가 내 이름을 부르면 나는 깜짝 놀란 뒤 울먹이는 표정을 지어 보이며 연습했던 수상 소감을 거실에 앉아 있는 어른들을 향해 외쳤다.

"어머! 너무 감사합니다. 할머니, 감사드리고요. 고모! 정말…… 감사해요!"

중간중간 눈물을 닦는 시늉에 어른들은 숨이 넘어갈 듯 웃었다. 나는 마지막으로 빗자루를 여왕봉 삼아 손에 쥐고 미스코리아들이 짓는 전형적인 미소를 띄우며 거실을 한 바퀴 돌았다. 손을 살랑살랑 흔드는 것도 잊지 않았다. 그러면 고모는 어른들 중 가장 크게 웃으며 환호했다.

고모 내외와 함께 살기 시작한 시점이 정확히 언제부터였는지는 기억나지 않지만, 초등학교 2학년 때 같이 놀자던 아이들을 뿌리치고 한걸음에 집으로 달렸던 기억이 있다. 안방엔 산후조리 중인 고모와 갓난아기가 있었다. 인형처럼 작은 손이 내 검지를 꼭 쥘 때나, 작은 눈을 깜빡거리며 나를 빤히 바라볼 때면 아기에게 얼굴을 바짝 갖다 대고 소곤댔다.

"영진아! 누나야! 누, 나."

그 작은 존재 하나로 집 안엔 온통 아기 냄새가 났다. 나는 엉성한 포즈로 고모 대신 젖병을 물리기도 하고, 숙제 노트를 보여 주며 이거 정답 뭐게? 말을 걸기도 했는데, 신기하게도 학교에 가면 아이들은 내게 아기 냄새가 난다고 이야기하곤 했다. 아기의 존재를 비밀로 했던 나는 태연스레 어깨를 으쓱할 뿐이었다. 무엇보다 신기했던 건 막내 고모가 엄마가 되었다는 사실이었다.

고모가 계속 나대고, 설치고, 까불기를 바랐던 나는 고모가 아이를 재우고 먹이는 모습을 신기하고도 섭섭한 눈빛으로 바라보았다. 아기 머리맡에 턱을 괴고 누워 고모 모습을 바라보고 있으면, 조건 없는 사랑이 어떤 눈빛으로 나타나는지 알 수 있었다. 고모의 조심스러운 손길과 아기의 팔딱이는 정수리를 번갈아 바라보다 잠에 빠지곤 했다.

"수현이 요만했을 때 참 예뻤는데. 신생아실에서 처음 봤을 때 깜짝 놀랐어."

고모는 아이 등을 토닥이다가 TV를 보는 내 뒤통수에 말을 건넸다. 고모는 품에 안은 아이를 바라보고 있었지만, 기억은 이미 신정동의 한 산부인과에 가 있었다. 고모는 고등학교 졸업 후 한 산부인과에 간호조무사로 취업했다. 막 일을 시작했던 해 2월에 내가 태어났고, 고모는 '월급 타면 친구들에게 크게 한턱 내야지' 마음먹고 있었지만, 월급을 한 푼도 쓰지 못하고 통째로 큰오빠에게 건넬 수밖에 없었다. 아빠는 물론이고 가족 중 누구도 병원비를 낼 형편이 되지 못했다. 졸업식을 올리기도 전, 미리 취업을 나가 받은 고모의 귀한 첫 월급이 고스란히 내 밑으로 들어갔다. 나는 태어난 순간부터 막내 고모에게 빚을 진 셈이다.

오래전, 신생아실 앞에서 빈 주머니에 손을 찔러 넣고 유리창 너머를 물끄러미 바라봤을 고모. 그때 고모는 어떤 표정을 짓고 있었을까. 조카의 탄생이 신기하면서도 그 상황이 마냥 달갑진 않았겠지. 이제 막 스무 살이 된 고모 눈동자엔 조카에 대한 사랑과 큰오빠를 향한 원망이 진득하게 묻어 있었을 것이다.

내가 중학생이 되었을 무렵, 고모는 달력에 내 생

이유를 다 아는 사람처럼

일을 표시하다가 고개를 갸웃거렸다.

"근데 네 생일이 왜 26일이지? 나는 25일로 기억하는데."

아무렴 쟤 부모가 애 생일도 모르고 출생 신고했을까. 할머니가 끼어들어도 고모는 골똘히 달력만 바라보았다.

"그때 월급날이어서 내가 기억하는데."

고모의 시선을 따라 달력을 바라보았다. 26일에 커다랗게 동그라미가 그려져 있었지만, 이상하게 내가 진짜 태어난 날이 25일일 수도 있겠다는 생각이 들었다. 나는 병신이 아닌 걸까. 팔딱팔딱 날뛰던 붉은 원숭이는 머쓱하게 머리를 긁적였다.

가족끼리 하기 민망한 인사

아빠 없는 내가 '결혼을 한다면 저런 사람과 해야겠다' 마음속으로 찜한 사람이 있었는데, 바로 막내 고모부다. 내겐 고모가 넷이나 있지만, 사별과 이혼, 독신 등의 이유로 고모부는 막내 고모부가 유일했다. 고모부는 세상을 떠난 처가의 큰 형님과 매번 사업에 실패하는 작은 형님, 각자 먹고살기 바빠 얼굴도 보기 힘든 처형들을 대신해 장모와 처조카를 돌봤다. 그래서였는지 막내 고모부를 떠올릴 때면 '나의' 막내 고모부라는 말보다 '우리' 막내 고모부라는 말이 어울린다고 생각했다.

고모부의 이름 석 자엔 모두 이응이 들어간다. 사람은 이름에 맞게 살게 되는 것인지, 고모부는 성격도 참 둥글둥글하다.(막내 고모 생각은 다를 수 있겠지만.) 함께 사는 동안 화를 내는 모습을 본 게 손에 꼽을 정도였다. 여섯 살이 된 사촌 동생이 혼자 집 밖에 나가 온 식구가 혼비백산했던 때, 동네 상가에서 애를 발견한 순간 고모부는 처음으로 소리를 지르며 화를 냈다. 그날 모습이 기억에 남을 정도로 평소 고모부는 서글서글하고 둥그스름한 그런 사람이다.

고모 내외는 아직 아이가 없을 때 할머니와 내가 사는 집으로 들어왔다. 아이를 키워 본 적 없기는 고모도 마찬가지였지만, 느닷없이 초등학생 처조카의 보호자를 떠맡게 된 고모부는 얼마나 낯설고 어색했을까. 그는 내 또래 애들의 관심사가 무엇인지, 좋아하고 싫어하는 게 무엇인지 알지 못했다. 나 역시 같이 살아 본 적 없는 성인 남성의 등장이 어색해, 매번 밥을 깨작거리고 만화를 보다가 슬쩍슬쩍 곁눈질로만 고모부를 봤다. 겨우 조카인 주제에 저 사람에게 플러스 점수를 줄지, 마이너스 점수를 줄지, 머릿속으로 열심히 덧셈과 뺄셈을 반복했다. 만화영화를 재밌게 보고 있는데 채널을 돌리면 마이너스 10점. 내 앞으로 맛있는 반찬을 밀어 주면 플러스 10점. 고모 발을 주물러 주는 모습에 또 플러스 10점. 할머니에

게 슬쩍 용돈을 쥐여 주는 모습! 플러스 20점. 점수
가 차곡차곡 쌓일 때마다 나 역시 고모부에게 잘 보
이고 싶다는 생각이 들었다. 나는 최대한 얌전한 척,
철이 든 척, 열심히 공부하는 척했다.

　"수현아, 뭐 먹고 싶은 거 없어? 고모부가 사다 줄
까?"
　아침 출근길에 고모부는 구두를 신으며 내게 물었
다. 고모부의 질문에 과연 어떤 답이 플러스 점수를
얻을 수 있을까, 고민했다. 너무 비싸지 않고 쉽게 구
할 수 있으면서도 맛도 있는 걸 떠올리다가 겨우 입
을 열었다.
　"새콤달콤…… 이요."
　"새콤달콤?"
　커다란 잠자리 안경 너머로 고모부 눈이 깜빡거
렸다. 내 딴엔 비싸지 않은 것으로 고르고 고른 게
200원짜리 새콤달콤이었는데, 그날 저녁 고모부는
새콤달콤을 종류별로 한가득 사 왔다. 그렇게 많은
양의 새콤달콤을 한꺼번에 받은 건 처음이었다. 할머
니와 단둘이 살 땐 상상도 못 한 간식에 입꼬리가 실
실 올라갔지만 티 내지 않고 수줍게 새콤달콤을 받아

들었다.

"고맙습니다."

가족 간에 나누기 부끄럽고 민망한 인사를 하며 나는 공손히 고개를 숙였다. 마음속 점수가 100점 더 플러스 되었다.

하지만 내가 고모부의 점수를 따내기도 전에 '아기'라는 변수가 등장했다. 아기는 존재만으로 고모부에게 플러스 10,000점을 얻은 것 같았다. 고모와 고모부의 진짜 '자식'. 이 집에서 유일하게 고모부와 성이 같은 아이. 그 사실만으로 아기는 내게 마이너스 10,000점을 얻었다. 아기는 내게 점수를 얻고자 하는 맘 따윈 없이 그저 밤낮으로 울고 울고 또 울었다. 바닥에 내려놓는 순간 앵- 하고 우는 바람에 할머니와 고모, 고모부가 잠을 설쳐 가며 아기를 안고 있어야 했다. 나는 그들 곁에서 기저귀를 가져다주거나 분유를 타는 일 같은 잔심부름을 했다. 오늘은 아기가 덜 울려나. 제발 그만 울었으면 좋겠는데, 하는 생각으로 기저귀를 가는 고모부 옆에서 아기 얼굴을 빤히 보고 있었다. 아기는 내 마음을 꿰뚫고 있는 듯 까만 눈을 깜빡이며 나를 바라봤다.

"영진아, 까꿍! 까꿍!"

나는 어른들처럼 '똑똑' 혀를 차며 아이 어르는 소리를 냈다. 기저귀를 갈던 고모부가 아이에게 말을 건넸다.

　"영진아, 누나네? 수현이 누나, 우리 영진이 누나. 그지?"

　아기는 고모부 말을 알아듣기라도 한 듯 나를 계속 바라봤다. '누나' 누군가의 손녀이고 조카이지만 딸일 순 없던 내가 부여받은 새로운 정체성이었다. 안녕, 내가 네 누나야. 나는 낮게 읊조리며 아이와 고모부에게 플러스 1000점을 주었다.

　그 아이가 커서 열여섯 살이 될 때까지 우리는 함께 살았다. 첫째와 여덟 살 터울로 여동생이 태어났고, 둘째가 태어났을 무렵에 나는 고등학생이 되었다. 그와 동시에 고모와 고모부는 신생아, 어린이, 청소년, 노인의 보호자가 되어야 했다. 돌봄과 생업 사이를 우왕좌왕하는 두 사람의 모습이 때때로 안쓰럽고 위태로워 보였다. 고모는 둘째 등을 토닥이며 내게 고등학교 친구들은 어떤지 물었다. 졸음으로 가득 찬 고모 얼굴을 보며 나로 인해 고모와 고모부의 시간이 더 빨리 흐르고 있다는 걸 깨달았다. 고모와 고모부는 부모라는 세계에 이제 한 발 내디뎠을 뿐인데, 나는 벌써 사춘기를 지나 성인의 시간에 가까워지고 있었다. 그때 내가 가장 많이 했던 말은 "나는 애가 아니다"였다. 제발 나를 아기 보듯 하지 말라고, 초등학생 대하듯 하지 말라고 역정을 냈다.

"어떻게 학생이 그래?" 고모의 힐난에 "내 친구들은 다 해!"라고 쏘아붙이고 방으로 들어온 어느 날, 고모부는 내 방문을 빼꼼 열고 조심스레 말을 걸었다.

"고모가 걱정돼서 그러지. 관심도 없고 걱정도 안 되면 화도 안 내고 잔소리도 안 해."

그러고는 책상에 엎드려 있던 내 팔뚝을 꾹꾹 찔렀다. 뭔가 싶어 고개를 들자 눈앞에 지폐 몇 장이 보였다.

"친구들이랑 뭐 사 먹어."

나는 머뭇거림도 없이 쏙 지폐를 받아 들었다. "고맙습니다." 가족 간에 하기 민망하고 부끄러운 인사를 그때도 하면서. 그게 고모부가 찾은 고등학생의 보호자로 가는 지름길이었던 것 같다.

고모부는 내 삶을 깊이 알지 못했다. 내가 몇 반인

지, 몇 등인지, 반에서 친한 친구 이름은 무엇인지 알지 못했다. 대신 너무 가지고 싶어 했던 CD 플레이어를 고모 몰래 사 주거나 절대 안 된다던 고모를 설득해 핸드폰을 개통해 주었다. 고모부 덕분에 나는 '없는 것' 때문에 또래 무리에서 튀지 않는, 내가 그토록 원했던 평범한 아이로 자랄 수 있었다.

회사 워크숍으로 스키장에 가게 된 날, 고모부는 나를 데리고 갔다. 가족과 함께 온 직원들이 더러 있었지만, 조카를 데리고 온 사람은 고모부뿐이었다. 고모부가 회사 사람들에게 나를 "내 조카. 수현이"라고 소개하자, 사람들은 익히 들어 안다는 듯 "아, 네가 수현이구나!" 하고 반갑게 맞아 주었다. 나는 한 번도 친구들에게 고모부를 소개한 적이 없었다. 가끔 우리 집으로 전화를 건 친구가 고모부 목소리에 '아빠야?' 하고 물으면 나는 '응' 하고 얼버무리고 말았다.

대학을 졸업하고 취업을 한 뒤에 나는 독립했다.(짐만 싸서 서울에 있는 셋째 고모 집으로 들어간 것이라, 독립했다는 말은 조금 무리가 있지만.) 할머니 집에서는 할머니부터, 고모, 고모부, 사촌 동생들까지 여섯 명이 얼기설기 살았다. 두 동생은 내게 방 하나를 온전히 양보한 채 학생이 되었다. 공간적으로나 거리상으로나, 혼자 사는 셋째 고모 집에서 출퇴근하는 편이 훨씬 나았다. 짐을 싸서 셋째 고모 집으로 갔던 날, 고모부에게 전화가 왔다.

"너 바래다주고 고모가 많이 울었어. 담에 더 큰 집으로 이사하면 그때 또 같이 살자, 수현아. 고모부가 미안해."

이렇게 저렇게 따져 봐도 셋째 고모와 사는 것이 내게도 편한 일이었는데. 고모부는 뭘 그리 미안해했는지.

고모부 말에 깔깔 웃으며 미안하긴 뭐가 미안하냐고, 고모 잘 챙기시라는 말을 남기며 통화를 마쳤다. 핸드폰 화면에 뜬 '고모부'라는 글자를 바라보며 떠올렸다. 가족끼리 하기 민망하고 부끄러운 '고맙습니다'라는 인사를, 가족끼리 뭐가 고맙냐고 허허 웃던 고모부 얼굴을.

아름다운 복수

우리 집에 피아노가 생긴 건 내가 초등학교에 막 입학했을 무렵이었다. 오래된 연립주택과는 어울리지 않는 커다란 갈색 피아노가 아슬아슬하게 계단을 올라 2층 좁은 현관문을 통과하던 모습이 아직도 생생하다.

난생처음 '내 피아노'를 갖게 된 나는 검지 하나로 흰 건반을 차례로 눌러 보았다. 내가 누르는 대로 피아노 소리가 안방을 가득 채웠다. 사람들이 말하듯 아름다운 소리인지는 알 수 없었으나, 적막했던 우리 집에 울리는 낯선 소리에 기분이 들떴다. 피아노를 한 번도 배운 적 없으면서 마치 유명한 피아니스트가 된 것처럼 열 손가락을 건반 위에 올려 두고 아무렇게나 손가락을 움직였다. 거실에 있던 할머니는 정신

사납다며 소리쳤다. '도' 자리가 어딘지도 모르는 아이와 피아노 소리에 시끄럽다며 귀를 막는 할머니가 사는 집에 피아노를 보낸 사람은 일본에 사는 둘째 고모였다.

둘째 고모는 한 달에 한 번, 아니면 두 달에 한 번씩 전화를 걸어왔다. 집에 있던 내가 전화를 받으면 고모는 내가 누군지 확인하곤 했다.

"수현이니? 지금 전화 받은 게 수현이야, 다현이야?"

고모는 수화기 건너편에서 이렇게 물었다. 다현이는 없어요, 고모. 다현이는 이제 없어요. 나는 그렇게 말하지 못하고 늘 같은 말로 대답했다.

"아, 저 수현이요. 안녕하세요, 고모."

"응, 그래. 그렇지. 수현이지."

고모는 그제야 뭔가를 깨달았다는 듯 말했다. 그러고는 지난번에 했던 이야기를 똑같이 반복했다.

"수현아, 인사는 큰 목소리로 해야지! 힘 있게. 당당하게. 응? 밥도 많이 먹고. 살고 확확 쪄야 해."

여기까지 듣고 나면 할머니에게 얼른 수화기를 넘기고 싶었다. 하지만 고모는 내가 대답할 틈도 없이 계속 말을 이어 나갔다.

"수현아, 기죽지 마! 기죽을 거 하나 없어. 응? 누가 엄마 아빠 없다고 놀리면 다 때려. 고모가 다 책임질 거니까. 그냥 다 때리고 다녀. 참지 마. 그냥 확 때려 버려."

고모는 진짜로 누가 날 놀리는 장면을 보기라도 한 사람처럼 흥분했다. 일본에 있는 고모가 어떻게 책임을 진다는 것인지 알 수 없어서 그저 네- 네- 하고 대답했다. 물론 나는 절대 친구를 때리지 않을 터였다. 수화기 너머 고모는 깊은 물 속에 잠겨 있는 사람 같았다. 어딘가 축축한 곳에 오래 고여 있었던 듯한 목소리. 갈라지고 탁하고, 무거운. 목에 뭔가가 막히는지 고모는 말하는 내내 칵-칵- 하며 가래 뱉는 소리를 냈다. 나는 고모 말에 자동 응답기처럼 '네-' 하는 대답만 반복하며 한쪽 어깨에 수화기를 걸친 채, 앞에 놓인 노트에 토끼나 강아지 같은 그림을 그렸다.

"수현아, 고모가 우리 수현이 피아노 사 줄게. 고모가 여기서 돈 많이 벌어서 수현이 피아노 꼭 사 줄 거야."

피아노란 단어에 건성건성 움직이던 볼펜이 멈췄다. 고모는 스스로에게 하는 다짐처럼 몇 번이고 돈을 벌어 내게 피아노를 사 주겠다고 힘주어 말했다. 나는 또 네- 라고 대답하면서 속으론 배워 본 적 없는 피아노를 무슨 수로 치나, 궁리했다. '피아노'라는 단어를 노트에 적으며 할머니께 수화기를 넘겼다. 몇 달 뒤, 진짜로 피아노가 왔다.

"남들 하는 걸 어떻게 다 하고 살아!"

피아노가 도착하고 며칠 뒤 둘째 고모한테 전화가 왔을 때, 할머니는 수화기를 들고 냅다 소리부터 질렀다. 이 크고 쓸모없는 걸 뭐 하러 보냈느냐고. 학원은 무슨 놈의 학원이냐고 한참 통화 끝에 수화기를 내려놓았다. 아이고, 지 앞가림이나 잘 할 것이지. 할머니는 전화기를 바라보며 나지막이 중얼거렸다.

고모는 내 삶에 '평범'이라는 이름의 다리를 놓아 주려 애썼다. 또래 아이들이 한다는 피아노, 속셈학원, 방문 학습지 같은 것들을 경험할 수 있게끔 먼 일본에서 내 발아래 징검돌을 하나씩 놓아 주었다. 이걸 딛고 저쪽으로 가. 가족을 떠나 타지에서 독신으로 사는 자신의 세상과는 정반대편인 곳으로 갈 수 있도록, 사람들이 말하는 평범이라는 세계로 갈 수 있도록, 고모는 먼 곳에서 온 힘을 다해 내 앞으로 돌을 놓았다. 그러기 위해 고모가 얼마나 많이 어금니를 꽉 깨물었을지, 나는 상상조차 할 수 없다.

어찌 되었건, 집에 피아노가 생겼으니 나는 피아노 학원에 다녀야 했다. 건반이 그려진 학원 가방을 휘두르며 다니는 또래 아이들이 부러웠던 터라, 천년만년 피아노 학원을 빠지지 않고 나가겠다고 다짐했다. 하지만 피아노 선생님은 무서웠고, 손가락은 내 맘과는 다르게 자꾸 엉뚱한 건반을 눌렀다. 다짐이 무색하게 체르니 근처에 가 보지도 못하고 학원을 그만뒀다.

고모가 내게 보낸 갈색 피아노는 얼마 못 가 우리 집 애물단지로 전락했다. 피아노라는 물건은 너무 커다랗고 무거웠고 치지 않으면 자리만 차지할 뿐 아무런 쓸모가 없었다. 피아노 위에 옷가지나 책 같은, 갈 곳 잃은 것들이 쌓여 갔다. 나는 가끔 피아노 의자 밑이 내 아지트라도 되는 양 그 좁은 곳에 몸을 구겨 넣고 눕거나, 건반 덮개를 목도리처럼 목에 두르고 성냥팔이 소녀 흉내를 냈다. 건반을 눌러 줄 사람이 없던 집에서 피아노는 악기의 기능을 완전히 상실하고 말았다.

통화할 때마다 고모는 피아노 잘 치고 있느냐고

물었다. 나는 주저하며 '네' 하고 거짓말을 했다.

"그래 수현아. 피아노도 배우고, 발레도 하고, 뭐든 하고 싶은 거 있으면 고모한테 다 말해. 공부도 열심히 해서 꼭 훌륭한 사람이 돼서 성공해! 응? 수현이가 잘되고 성공하는 게 엄마한테 복수하는 거야. 어른 되면 다현이도 찾고 그러면 돼."

엄마에게 복수하라는 말을 하는 사람은 둘째 고모가 유일했다. 다현의 이름을 말하는 사람도 둘째 고모뿐이었다. 할머니나 다른 고모들, 삼촌도 엄마나 다현의 이야기를 꺼내지 않았다. 이해하라고, 용서하라고, 미워하지 말라고, 잊으라고, 어떤 말을 꺼내는 대신 오직 침묵했다.

엄마와 복수. 나는 고모의 탁한 목소리를 들으며 앞에 놓인 전화번호부 빈 곳에 '엄마'와 '복수'라는 단어를 썼다. 복수라는 단어는 불을 품고 있는 글자 같았다. 마음에 불을 확 지르는 단어. 둘째 고모 말대로라면 나는 나를 놀리는 친구들을 흠씬 두들겨 패고, 엄마를 향한 복수심과 동생을 되찾겠다는 일념으로 오직 성공을 향해 내달리는 야망 있는 어린이가 되어야 할 테지만, 내게 다가온 복수라는 단어는 잠잠했다. 몇 번이고 복수라는 단어를 써 봐도 마음엔 아무런 동요가 없었다.

　왜요? 나는 고모한테 묻고 싶었다. 왜 엄마에게 복수해야 하는지. 나는 누구라도 붙잡고 물어보고 싶었다. 우리 엄마는 나쁜 사람인지 착한 사람인지, 나로서는 도무지 알 수 없었다. 기다리면 올 것 같기도 하고 이대로 영영 오지 않을 것도 같아서 마냥 미워할 수도, 하염없이 그리워할 수도 없었다. 또래 친구들 엄마를 보면 내 엄마가 보고 싶기도 하고, 거짓말하고 떠난 엄마에게 약이 올라 안 보고 싶기도 했다. 손에 쥔 돌멩이를 확 던져 버려야 할지, 주머니 속에 간직해야 할지 몰라, 까칠까칠한 돌을 계속 만지작거리는 기분이었다.

　내가 초등학교 2학년쯤 되었을 때, 고모는 일본에서의 일을 정리하고 귀국했다. 그때 처음으로 둘째 고모를 보았다. 현관문 앞에서 그녀는 수화기 너머로 내 존재를 확인하던 사람처럼 "네가 수현이니?" 하고 물었다. 실제로 본 고모는 썩 호감 가는 인상은 아니었다. 살이 하나도 없는 홀쭉한 얼굴에 불쑥 튀어나온 광대와 푸른빛이 도는 눈썹과 아이라인 문신 때문에 내 복수를 대신하러 온 마녀 같기도 했다. 한국으로 돌아온 둘째 고모는 할머니와 내가 사는 집에 잠시 머물렀다. 고모는 아침마다 내 머리를 묶어 주며 말했다.

"나중에 봐라. 네 엄마가 땅을 치면서 후회할걸. 아이고, 이렇게 예쁜 애를 두고…… 내가 미친년이지!"

고모는 말하면서 우는 시늉을 했다. 고모에게 나의 엄마는 자식을 버리고 떠난 미친년이었다. 어디 두 다리 뻗고 자겠어, 지가? 고모는 분을 못 이긴 사람처럼 말했다. 그 이글이글한 분노가 손에 실려 머리를 너무 세게 묶는 바람에 나는 눈이 위로 쭉 찢어진 채로 학교에 가야 했다. 눈이 삐죽 올라간 얼굴이 복수의 기회를 노리는 무사 같았다.

생각해 보면 둘째 고모는 우리 엄마를 본 적도 없었다. 아빠가 결혼하기도 전에 일본으로 떠난 고모는 한국에 들어온 적이 없었다. 얼굴도 모르는 여자를 증오하는 마음은 어떤 것일까. 다른 고모들은 엄마에 대해 별말을 하지 않는데, 오직 둘째 고모만이 내 몫의 감정을 대신 분출하는 것처럼 엄마를 미워하고, 저주하고, 화내고, 원망했다.

우리 집에 막내 고모 내외가 들어오게 되면서 둘째 고모는 따로 집을 얻어 나갔다. 채 6개월도 되지 않는 시간이었다. 고모가 나간 뒤엔 일본에 있을 때보다 통화하기가 더 어려웠다. 나는 물론 할머니 역시 전화를 딱히 기다리지 않았기에 그저 잘 지내겠거니 했다. 학교를 졸업하고 결혼을 하고 아이를 낳을 때까지 둘째 고모와 연락하는 일은 거의 없었다.

2023년 연말 모임, 모처럼 막내 고모 집에서 저녁을 먹었다. 때마침 막내 고모 핸드폰으로 둘째 고모가 전화를 걸어왔다. 짧은 통화 후, 날 바꿔 달라고 했는지 고모는 내게 핸드폰을 내밀었다. 너무 오랜만이라 잠깐 주춤했지만, 이내 핸드폰을 받아 들었다.

"여보세요? 고모!"

"응, 수현이니?"

어색함도 잠시, 예전과 똑같은 고모 목소리에 반가운 마음이 기지개를 켰다.

"네, 잘 지내셨어요?"

"그래, 수현아. 고모는 잘 지내. 남편이랑 애들도 잘 지내고? 다들 건강하지? 수현아. 어디 가서든 기죽지 말고 당당하게 살아. 네가 남편이랑 애들이랑 잘 사는 게 네 엄마한테 최고로 복수하는 거야."

나는 살짝 웃음이 났다. 불도 무기도 한도 없는 오로지 내 삶을 살아가는 것만으로도 완성된 복수. 복수가 너무 시시하잖아요, 고모. 나는 그 말은 하지 못하고 예전처럼 네, 하고 대답했다. 사실 아직도 잘 모르겠다고. 미워해야 할지 그리워해야 할지, 체념해야 할지 기다려야 할지 여전히 헷갈린다는 말도 오래전처럼 하지 못했다.

"고모가 너 피아노 사 줬던 거 기억나?"

"네."

"그래. 피아노 계속했으면 좋았을 텐데."

아쉬운 듯한 고모 목소리에 불현듯 젊은 날의 그녀가 떠올랐다. 지금보다 더 거침없이 그녀 입에서 흘러나오던 복수와 엄마와 다현과 성공이란 단어들도. 둘째 고모가 한국에 살면서 한 사람을 만나 가정을 꾸렸다면, 우리의 통화 내용은 조금 달라졌을까. 최고의 복수 같은 말 대신 고모는 내게 어떤 말을 해 주고 싶었을까.

아, 피아노 학원에 조금 더 다녔으면 좋았을걸. 통화가 끝난 뒤 갑자기 아쉬움이 밀려왔다. 고모에게 내 피아노 연주를 들려주는 날이 있었더라면. 나는 피아노에서 흐르는 선율을 가만히 듣고 있는 둘째 고모의

얼굴을 상상했다. 아마 고모는 내 어깨를 쓰다듬으며
흐뭇하게 말했을지 모른다. 복수가 참 아름답다. 그러
면 나는 또 웃고 말 것이다. 그러네요, 하면서.

잊을 수 없는 프림의 맛

할머니와 살았던 집엔 방이 세 개 있었다. 막내 고모네가 들어오기 전에 현관 오른편 미닫이문이 달린 중간 방은 세를 놓고 있었다. 그땐 그런 일이 흔했던 건지 친구 집엔 스튜어디스 언니가 세를 살았고, 이제막 결혼한 막내 고모 부부는 우리 집과 걸어서 10분정도 되는 곳에 방을 얻어 지내고 있었다. 요즘의 '셰어하우스' 같은 느낌이랄까. 나는 비디오를 보러 고모 집에 자주 놀러 가곤 했는데 따지고 보면 고모 집이 아니라 고모 방이라 해야 정확한 표현일 것이다.

그 작은 방 안, 신혼부부 사이에 비집고 앉아서 눈치 없이 비디오를 돌려 보던 나를 떠올리면 손목을 채서 끌고 나오고 싶어진다. 하루는 고모, 고모부 모두 출근한 낮에 놀러 갔다가 거실에서 그 집 주인아

주머니가 고모와 고모부 흉보는 걸 들었다. 냉장고에 먹을 걸 쌓아만 놓고 먹지 않아서 다 썩어 간다고. 설거지하면 사방에 물이 다 튀어서 홍수가 난 것 같다고. 화장실은 또 어떻고. 집에 놀러 온 친구분과 신나게 흉보는 걸 문틈에 달라붙어 듣고 와서는 할머니한테 그대로 일러바쳤다.

"아줌마가 그렇게 이야기하디?"

할머니에게 이야기를 전해 들은 고모는 내게 재차 물었고 난 시큰둥한 표정으로 고개를 끄덕이며 옆에서 수박을 먹었다.

"참 나. 일부러 들으라고 그랬네."

이번엔 고모와 할머니가 그 집주인 아주머니 흉을 봤다.

우리 집 중간 방에 세 들어 살던 분들도 신혼부부였다. 아저씨는 일찍 일을 나갔다 늦게 오는 경우가 많아서 마주친 기억이 별로 없지만, 아줌마는 늘 방에 있던 터라 매일 마주쳤다. 어깨까지 내려오는 까만 머리카락에 두꺼운 뿔테 안경을 낀 선한 인상의 아줌마. 방 안에서 아주머니가 움직일 때마다 미닫이 유리문을 통해 그 모습이 일렁거렸다. 그러면 나는 일부러 그 앞을 서성거렸다. 아니 서성인 정도가 아니라 유리문에 딱 달라붙어서 '나 여기 있으니 문 좀 열어 주시오' 하는 신호를 마구 보냈다. 할머니는 거기서 뭐 하냐고, 아줌마 귀찮게 하지 말라고 나무랐지만 난 멈추지 않았다. 빤히 뜻이 보이는 내 행동을 모른 척하지 않고 아주머니는 언제고 문을 열어 주었다. 할머니가 "김수현!" 하고 나를 무섭게 노려보았지만, 아줌마는 "아니에요. 괜찮아요" 하며 나를 방으로 초대했다.

신혼부부 방이라 그런지 문지방만 하나 넘었을 뿐인데 다른 세계에 와 있는 것 같았다. 공기 중에 떠다니는 냄새도 더 향긋한 느낌이 들었다. 작은 방엔 침대와 장롱, 작은 화장대가 전부였다. 단출한 세간에도 방은 발 디딜 틈이 없었다.

"우리 고모 집엔 침대 없는데."

나는 아주머니 방에 있는 것 중 침대가 가장 좋았다. 친구네 집에 놀러 가면 가장 부러운 것도 침대였다. 푹신한 침대에서 공주처럼 가슴팍에 손을 모으고 잠드는 상상을 여러 번 했다. 상상을 실현해 보고자 집에 있는 이불을 전부 꺼내 침대 모양처럼 쌓아 올렸지만, 이불 침대는 금방 무너지고 말았다. 나중에 아주머니가 이사 갈 때 침대를 두고 가진 않을까 내심 기대하기도 했다.

나는 침대 끝에 걸터앉아 다리를 앞뒤로 흔들며 고모네 집엔 비디오가 있고, 침대는 없고, 커다란 책장이 있고 장롱은 더 큰 게 있고 하면서 입을 놀렸다. 그러면 아줌마는 별 재미도 없는 내 이야기를 한참 듣다가 따뜻한 물에 프림을 타 주었다. 집에 커피 마시는 사람이 없어서 그때까지 커피나 프림 같은 건 구경도 못 해 봤던 내게 프림이라는 하얀 가루의 맛은 충격적이었다. 유명 배우가 고급스러운 커피 잔에 코를 대고 향기를 맡고 있으면 '커피엔 언제나 프리마―' 하고 자막이 흐르는 광고가 유행이었는데, 나는 블랙커피 속으로 부드럽게 녹아드는 프림의 맛이 늘 궁금했다. 실로 프림은 절로 눈이 감길 만큼 달콤하고 부드러운 맛이었다. 우유같이 생긴 게 또 우유는 아니면서 우유보다 더 달콤한 맛이 나다니! 아줌마가 준 컵을 세상에서 제일 소중한 물건인 양 두 손으로 감싸 쥐고는 홀짝거리고 있으면 아줌마는 말없이 나를 바라봤다.

"아줌마는 안 먹어요?"

괜히 혼자 먹는 게 민망해서 물으면 아줌마는 빙

긋 웃으며 내 뒤통수를 쓰다듬으며 말했다.

"이거 먹으면 살쪄서 아줌마는 싫어해."

"아. 난 말라서 살쪄야 하는데."

나는 은근히 속마음을 내비치며 답했다. 그러면 아줌마는 내 말뜻을 기가 막히게 알아채곤 '그래, 수현이 많이 먹어' 하며 또 한 번 나를 쓰다듬었다. 내게 닿는 다른 사람의 손길이 프림만큼이나 부드러울 수 있다는 걸 처음 알았다. 아줌마는 한 번도 다른 어른들처럼 엄마에 대해 물어보지 않았다. 난처한 질문을 하지 않는 어른은 아줌마가 유일했다.

"아줌마는 맨날 뭐 해요?"

난 아껴 먹느라 다 식어 버린 컵을 입으로 가져가며 물었다. 아줌마는 내 물음에 잠깐 딴 세상에 간 사람처럼 멍해 있다가 곧 다정한 눈빛을 되찾으며 말했다.

"그냥…… 그냥 있어."

나는 아줌마가 남편 직장 때문에 지방에서 서울로 올라왔다는 걸 알고 있었다. 할머니와 고모가 아줌마에 관한 이야기할 때 관심 없는 척 옆에서 들었다. 남편 따라 서울로 왔다던데, 생전 밖엘 안 나가. 종일 방에만 있더라. 할머니는 누가 들을까 낮은 목소리로

고모에게 말했다. 그게 비밀인가? 나는 속으로 갸우
뚱했지만, 입 밖으로 내진 않았다. 고모네처럼 책도
없고, 비디오도 없이 이 작은 공간에서 아줌마는 뭘
하며 어떤 하루를 보낼까. 나는 눈을 굴려 방 안을 훑
어보았지만 재밌어 보이는 물건은 하나도 없었다. 아
줌마가 말한 '그냥 있다'라는 게 내가 꿈꿔 온 공주님
처럼 가슴팍에 손 모아 침대 위에 누워 있는 걸 말하
는 걸까. 그런 거라면 나도 종일 '그냥' 있을 수 있을
것 같았다.

"아줌마도 수현이 같은 딸 있으면 좋겠다."

아줌마는 나를 빤히 보다가 소원을 말하듯 입을
열었다. 그러면 나는 딸이라는 단어에 흠칫 놀라 어색
하게 웃고 말았다. 엄마가 돌아왔으면 하고 바랐던 적
은 많았지만, 아줌마가 내 엄마였으면 했던 적은 없던
터라 어떻게 답해야 할지 도통 알 수 없었다. 내 엄마
로 상상하기엔 아줌마는 너무 젊은 것 같기도 했다.

"김수현! 빨리 나와!"

밖에서 할머니가 부르는 소리에 다 식은 프림을
입에 털어 넣고 침대에서 일어났다. 늘 허겁지겁 나
가며 고맙단 말도, 나중에 또 타 달란 말도 하지 않았
다. 우린 같은 집에 살고 있으니 못한 말은 언제든 할

수 있을 거라고 믿으며.

어느 여름날 저녁, 안방에서 비닐봉지를 띄우며 놀다가 좀 더 높은 곳에서 날리면 더 잘 날아가겠지 하는 생각으로 의자 위에 올라갔다. 휙 하고 점프하는 순간, 불안정한 착지와 함께 왼쪽 팔이 몸에 눌리면서 넘어졌고 곧바로 엄청난 고통이 밀려왔다. 거의 비명에 가까운 내 울음에 거실 한가운데서 바느질하던 할머니와 방에 있던 아줌마가 나보다 더 놀란 얼굴로 달려왔다.

아줌마는 지체 없이 나를 둘러업고 병원으로 달렸다. 거리의 익숙한 간판들과 가로등 불빛이 아줌마가 뛰는 속도에 맞춰 흔들렸다. 안 그래도 더운 여름 공기가 더 덥게 느껴졌다. 팔의 통증은 가실 줄 몰랐고 내 울음소리만 길 위에 길게 꼬리를 물고 늘어졌다. 할머니는 아줌마 속도를 따라잡지 못해 멀어졌다. 할머니보다 한참 앞서 병원에 도착했으나 할머니를 기다려야 했다.

"어머니, 아이 엑스레이 찍어야 해요."

"아…… 아이 할머니가 곧 오실 거예요."

간호사는 의아한 눈으로 나와 아줌마를 번갈아 바라봤다. 방금까지 아이를 등에 업고 헐레벌떡 뛰어온 여자가 엄마가 아니면 누구란 말일까. 나도 간호사의 시선을 따라 아줌마를 바라보았다. 티셔츠가 땀으로 흠뻑 젖어 있었다.

한참 뒤 숨을 고르며 할머니가 도착했다. "할머니이!" 할머니를 보자 눈물샘이 또 터져 버렸다. 아줌마는 놀란 할머니 곁에서 마치 통역사라도 되는 것처럼 의사의 말 한마디 한마디를 고스란히 할머니에게 전했다. 엑스레이를 찍으니 팔뼈에 금이 가 있었다. 반소매 아래로 길게 깁스를 하고 난 후에야 병원 밖으로 나올 수 있었다.

"많이 놀라셨죠."

아줌마는 할머니 어깨에 손을 올리며 물었다. 할머니는 그 손 위에 본인 손을 포개며 고맙다고, 정말 고맙다고 거듭 인사했다. 나는 슬쩍 아줌마 손을 잡았다. 땀이 밴 손바닥이 축축했지만, 손금이 맞닿을 정도로 손에 힘을 주었다. 아줌마는 반쯤 내려간 뿔테 안경 너머로 나를 바라보며 웃었다. 모르는 이가 본다면 모녀 사이로 오해할 수 있는 모습이었다.

중학교 때쯤이었을까. 〈TV는 사랑을 싣고〉라는 프로그램을 보다가 불현듯 아줌마가 떠올랐다. 분명 아줌마라 불릴 만한 나이도 아니었을 텐데. 대놓고 아줌마, 아줌마 소리를 해 대던 주인집 손녀를 그분은 기억할까?

"할머니. 나 나중에 연예인 되면 그 아줌마 찾을 거야. 저 옆방 살던."

할머니는 어리둥절한 눈으로 나를 봤다.

"아니, 왜 있잖아. 나 팔 부러졌을 때…… 그, 중간 방 아줌마!"

"왔다 간 사람이 어디 한둘이야."

할머니는 건조한 대답만 남긴 채 TV로 시선을 옮겼다. 달달한 프림 맛과 내 팔에 닿던 아줌마의 젖은 티셔츠 감촉이 지금도 생생한데. TV에서 익숙한 BGM과 함께 '나오셨나요오?' 묻는 진행자의 말소리가 흘러나왔다. 오후 햇살로 방 안이 온통 오렌지빛으로 물들던 그 방에서 내 머리를 가만히 쓰다듬어 주었던 아줌마. 폭신했던 침대와 달달하게 풍기던 프림 냄새가 선명한 걸 보면 그 방문은 아직도 활짝 열려 있는 것 같다.

내 이름을 두 번 부르던 언니

살면서 이름만큼이나 많이 들었던 호칭은 '언니'였다. 대학을 늦게 들어간 탓에 과 동기들은 나보다 어렸고, 동아리에서도 동생들이 많았다. 하지만 나는 동생들을 챙기기보다 챙김을 받는 언니였고 '그럴 땐 이렇게 해, 저렇게 해' 하고 조언을 건네는 쪽보다는 되레 조언을 듣는 쪽에 가까웠다. 술자리에서 하소연을 늘어놓으면 동생들은 "으이그, 쯧쯧" 혀 차는 소리를 내며 냅킨을 탁탁 뽑아 건넸다. '이 언니를 어찌할꼬……' 나를 측은하게 바라보는 동생들 시선을 의식하며 휴지에 눈물을 찍어 대면서 아, 주변에 언니가 있으면 좋겠다고 바랐다. "언니이-" 하며 어리광을 부리고 싶었다. 나보다 나이 많은 여자 품에 안겨 가만가만 등 두드리는 소리를 듣고 싶었다.

　　　　　　　　　　　이유를 다 아는 사람처럼

초등학교 3학년 때 처음으로 언니가 생겼다. 그때까지 내가 아는 언니라곤 친구네 집에 놀러 가면 냉랭한 기운을 온몸으로 뿜어내는 친구의 언니나 1년에 한두 번 볼까 말까 하는 친척 언니들뿐이었는데, 희연 언니는 수시로 어울리며 말을 편히 할 수 있는 유일한 언니였다. 희연 언니는 6학년으로 나보다 세 살이 많았다. 언니를 처음 본 건 아랫집 거실에서였다. 내가 종일 집에서 뛰는 바람에 아랫집과 사이가 좋지 않았는데, 어쩌다 그 집에 놀러 가게 되었는지는 기억나지 않는다. 어쩌다 보니 나와 내 친구는 아랫집 거실에 아빠 다리를 하고 나란히 앉아 있었다. 아랫집 언니와 그의 친구인 희연 언니는 자신들을 멀뚱히 바라보고 있는 애들과 어떻게 놀아 줘야 할지 몰라 서로에게 떠넘겼다.

"야, 네가 뭐라고 말 좀 걸어 봐."

"나도 동생 없어서…… 잘…… 모…… 몰라."

나와 친구는 호기심 가득한 눈으로 서로의 옆구리를 찌르는 언니들을 쳐다보았다. 언니들 눈에 우리가 어린 아기 같아 보인다는 게 꽤 흥미로워서 '우린 괜찮다'는 말도 없이 잠자코 있었다.

이후 언니들과 제법 가까워진 나는 밖에서 자주

만났는데, 어쩌다 보니 아랫집 언니보다 희연 언니와
더 친해져 있었다. 똑 단발에 까무잡잡한 피부, 또래
보다 키가 조금 더 크고 말을 더듬었던 희연 언니는
말투 때문에 또래 언니들 사이에서 따돌림을 당하고
있었다.

"내가…… 아…… 아까도 두, 두 번 했는데……
왜……"

"아, 답답해. 그래서 뭐. 결론이 뭔데."

놀이에서 희연 언니는 자꾸 술래가 되었고, 그게
이해되지 않던 언니가 참다 참다 항의하면 상대편 언
니는 답답하다는 듯 가슴을 치며 대꾸했다. 곁에서
상황을 지켜보던 다른 언니들은 피식 하고 웃음을 흘
릴 뿐이었다. 어린 내가 봐도 노골적으로 무시한다는
걸 알 수 있었다. 희연 언니는 흥분하면 말을 더 더듬
었다. 말을 빨리 하려 할수록 숨만 거칠게 차오를 뿐,
음절마다 뚝뚝 끊겨 힘겹게 흘러나왔다. 희연 언니
말이 끝나기도 전에 언니 친구들은 고개를 절레절레
흔들며 서로를 바라보며 보란 듯이 입을 뻥긋거렸다.

'답답해.'
'속 터져.'

이유를 다 아는 사람처럼

소리가 없어도 그 말은 너무 선명하게 들렸다. 희연 언니는 가슴에 화살을 맞은 사람처럼 휘청이며 하던 말을 뚝 끊고 긴 한숨을 내쉬었다. 그 한숨은 체념이었다. 그러고 나면 주변 언니들은 어깨를 으쓱하고는 바로 다른 놀이를 시작했다. 이번에도 그다음에도, 언니들의 놀이는 항상 희연 언니 한숨으로 끝이 났다.

나의 슬픔은 내 몸과 떨어져 있어서 사람들이 알아차리기 어려웠으나, 희연 언니의 슬픔은 언니 목에 딱 달라붙어 있어서 말을 시작하는 순간 들통나 버렸다. 그건 가혹한 일이었고, 그래서 언니는 대부분 말을 아꼈다. 정말 필요할 때만 짧게 답했다. 나는 자연스레 그녀 곁에 서게 되었다. 학교나 동네에서 둘이 편을 나눠 자주 같이 놀았다. 언니들과 함께 놀다가 싸워 각자 뿔뿔이 흩어질 때도 희연 언니만 졸졸 따라다녔다. 타인의 슬픔에 마음이 끌리는 것이 옳은 일인지 아닌지는 알 수 없었으나, 나는 언니가 슬픔을 가진 사람이라는 게 좋았다. 언니에게 나의 슬픔을 들키더라도 언니는 왠지 언제나처럼 말을 아끼고 내 슬픔을 소중히 여겨 줄 것 같았다.

우린 학교가 끝나고 특별한 약속이 없으면 함께 집으로 돌아갔다. 6학년 수업은 3학년 수업보다 늦게 끝났고, 언니는 과학실 청소까지 맡고 있던 터라 더 늦게 하교할 수밖에 없었다. 기다리라고 한 것도 아니었는데, 나는 고집스럽게 언니를 기다렸다. 함께 고무줄놀이를 하던 친구들이 집으로 돌아가고, 운동장에서 정글짐을 몇 번이나 오르내리다 보면 멀리서 건물 밖으로 나오는 언니 모습이 보였다. 나는 오래 기다린 것에 괜히 심술이 나 언니가 나온 걸 뻔히 알면서도 못 본 척 정글짐 꼭대기에 앉아 딴청을 피웠다. 교정을 두리번거리던 언니가 나를 발견하고는 운동장을 가로질러 뛰어왔다.

"수현아, 수현아!"

언니는 내 이름을 꼭 두 번씩 불렀다. 빨간 실내화 가방이 요란하게 흔들거렸다. 대충 담은 실내화가 가방 위로 삐죽 올라와 있는 것도 모른 채 손을 힘차게 흔들며 달려오던 언니. 오후 빛을 받아 노랗게 물들던 운동장. 언니의 뜀박질에 뒤따르던 모래바람. 아무렇게나 집어 든 갈색 외투. 친구도 아니고 가족도 아닌 그저 아는 언니일 뿐이었지만, 그래서 더 특별했던 한 사람. 누군가 내게 손을 흔들며 저렇게 뛰어오는 모습을 보고 싶어서 나는 매일같이 언니를 기다렸는지도 모르겠다.

"많이 기…… 기다렸어? 머, 먼저 가래도……"

언니는 정글짐 밑에서 나를 올려다봤다. 나는 정글짐에서 내려오며 소리쳤다.

"일찍 끝난다며!"

눈을 흘기며 째려보자, 언니는 벙글벙글 웃으며 "미안" 하고 답했다. 그러고는 선생님께 받은 거라며 주머니에서 작은 막대 사탕을 꺼내 쓱 내밀었다. 나는 못 이기는 척 사탕을 받아 들었다.

그 시절 희연 언니는 나의 대나무 숲이자 비밀 일기장이었다. 친구에게도, 할머니와 고모에게도 털어놓지 못하는 말들을 언니에게는 서슴없이 했다. 친구에게 서운했던 일, 좋아하는 남자애에 관해서나 할머니가 죽도록 미웠던 순간들을 하굣길 언니와 발을 맞춰 걸으며 와르르 쏟아 냈다. 언니는 내 이야기에 별다른 대꾸 없이 고개만 끄덕이며 듣는 쪽에 가까웠지만, 가끔은 누군가에게 하기 힘든 말들을 띄엄띄엄 내게 털어놓기도 했다. 중학교에 입학하는 게 무섭다고, 다시 새 친구를 만들어야 하는 게 걱정이라고, 웅

74

변 학원도 다니는데 여전히 떨려서 말을 잘 할 수가 없다고, 말을 더듬는 게 너무 싫다고. 언니는 중간중간 숨을 몰아쉬며 이야기했다. 언니가 그런 말을 할 때면 나도 가만히 고개를 끄덕였다. 고갯짓이 하나의 언어처럼 우리 사이를 오갔다.

언니가 초등학교를 졸업하자 우리는 자연스레 멀어졌다. 나는 더 이상 정글짐에 올라 누군가를 기다리지 않게 되었고, 나를 향해 뛰어오는 누군가의 모습도 더는 볼 수 없었다. 새 학기가 시작되고 가끔 언니 생각이 났다. 언니는 좋은 친구들을 만났을까. 기다려 줄 줄 아는 친구들을. 비밀 일기장을 나눠 적을 친구를. 나에게 뛰어왔던 것처럼 또 다른 누군가를 향해 뛰어가는 언니를 상상했다. 발뒤꿈치에 모래바람을 몰고 언니가 끝내 좋은 사람의 손을 잡을 수 있기를. 언니가 내게 그랬던 것처럼 언니에게도 언니 같은 사람이 있었으면, 하고 바랐다.

할머니의 전화번호부

당연한 이야기지만, 할머니는 내가 태어나는 순간부터 나의 할머니였다. 그녀가 내게 할머니인 것이 너무나 당연해서 한 번도 할머니가 아닌 다른 모습을 상상해 본 적이 없었다. 그래서였는지 낡은 앨범 속에서 보았던 할머니의 젊은 모습은 어린 내게 적잖은 충격을 주었다.

주름이 없는 할머니 얼굴이나, 어린 고모들과 삼촌 모습도 신기하고 놀라웠지만, 가장 낯설고 충격적이었던 것은 수영복을 입은 할머니였다. 한 장의 사진 속에서 할머니는 원피스 수영복을 입고 있었다. 허벅지를 훤히 드러낸 채 또래 여성들과 웃고 있는 할머니가 너무 생소해서 그 사진을 한참이나 바라봤다. 치마가 무릎 위만 살짝 올라가도 큰일이 나는 줄 아는 할머니가 수영복이라니. 할머니가 '멋'을 부리고, 친구들과 함께 '여흥'을 즐겼다는 것이 믿기지 않았다. 할머니는 처음부터 내게 할머니였고 앞으로도 계속 할머니일 사람이었기 때문에. 사진 속 그녀 곁엔 내가 모르는 사람들뿐이었다. "이 사람들은 누구야?" 하고 묻자 할머니는 사진도 보지 않고 "친구"라고 대답했다.

친구. 할머니 입에서 나온 '친구'라는 단어가 낯설어서 머릿속에서 굴려 보았다. 1929년생 할머니. 학교에 다니지 못해 한글을 모르는, 어설픈 일본어가 때론 자부심인, 한창 꽃 같은 나이에 피난을 떠났던, 아이를 여섯이나 낳고 남편을 일찍 여읜 사람. 그런 사람에게 '친구'라는 게 가당키나 한가. 그런 인생 가운데서 누군가와 마음을 터놓고 정을 나눈다는 것이 과연 가능한 일인지. 나는 답을 구하듯 사진 속 여자들 얼굴을 한참 들여다보았다.

할머니는 한 달에 한 번씩 전화번호부를 펼쳐 친구들에게 전화를 걸었다. 전화가 오는 경우도, 먼저 거는 경우도 이벤트처럼 띄엄띄엄 있었다. 기택네, 영등포, 최씨네…… 이름이 무슨 암호처럼 적혀 있었기에, 할머니 대신 전화번호를 찾아야 했던 나는 늘 퀴즈 대회 참여자 심정이 되었다.

"저기…… 저기한테 전화 좀 걸어 봐."

"누구? 기택네?"

"아니, 오혜숙."

오혜숙. 오혜숙? 아무리 전화번호를 뒤적여도 그런 이름은 없었다. 곧 '문래동'이라고 적힌 번호가 정답이라는 걸 알았다. 나는 문래동 옆에 작은 글씨로 오혜숙이라는 이름을 적으며 다른 집 전화번호부에 우리 할머니는 어떤 명칭으로 적혀 있을까, 궁금해했다. 태용네? 복자네? 신정동 윤씨? 나 역시 윤옥분이라는 할머니 이름을 새까맣게 잊고 있었다.

전화로 연을 이어 오던 할머니들은 아주 가끔 오프라인에서 만나기도 했다. 아직 할머니가 걸을 힘이 있고, 누군가를 만나고픈 의지가 있던 시기였다. 할머니는 외출할 때면 투피스에 반지와 목걸이, 귀고리까지 착용하고 앞코가 뾰족한 구두도 신었다. 그리고 한 손엔 검정색 가죽 가방을 들었다. 그렇게 꾸민 할머니는 사진 속 수영복을 입고 있던 여자 같았다.

버스를 타고 한참이나 달려 도착한 곳은 엘리베

이터도 없는 5층짜리 아파트였다. 2층이었는지, 3층이었는지 초인종을 누르자 열린 문 사이로 젊은 여자 얼굴이 튀어나왔다.

"아이고! 오셨어요!"

집에 들어서니 할머니와 연배가 비슷해 보이는 할머니 한 분이 계셨다. 안경을 쓰고 머리가 까맸다. 우리 할머니도 때마다 미용실에 염색하러 가는데 할머니 친구도 그런 모양이었다.

"왔네, 기택네."

기택네. 기택 할머니 얼굴을 보자 전화번호부 속에 내가 큰 글자로 적어 놓았던 글씨와 전화번호가 생각났다. 난 단박에 기택이란 이름이 할머니 성함이 아니란 걸 알았다. 기택이라는 이름의 주인공은 누구일까? 나는 숨바꼭질 술래가 된 마음으로 집 안을 둘러보았다. 기택 할머니도 나를 반겼지만, 옆에 있는 아주머니만큼은 아니었다.

"어머나! 얘가 수현이에요? 세상에나 이렇게나 컸어?"

아주머니는 아프리카의 신비로운 동물을 마주한 것처럼 나를 경이로운 눈빛으로 바라봤다. 세상에, 세상에. 그 말을 수없이 내뱉으면서. 괜히 쑥스러워

진 나는 눈을 어디에 둬야 할지 몰라 집을 구경하는
척했다.

"태용이 첫째?"

기택 할머니가 나를 가리키며 물었다. 그녀는 나
를 천천히 훑었다. 아주 먼 어떤 시간을 응시하고 있
는 것 같았다. 내 모습에서 아빠의 이목구비를 찾으
려는 듯했다. 나는 그 앞에 서서 오래 묵힌 기억의 서
랍이 열리는 얼굴을 힐끗힐끗 훔쳐보았다.

"잘 컸다. 야, 잘 컸어."

이제 겨우 초등학교에 입학한 나를 보며 할머니는
미래를 내다보듯 말했다.

기택은 그 할머니의 첫째 아들 이름이었고, 아빠
와는 오랜 친구였다. 기택 아저씨는 절친한 친구를
자신의 엄마보다도 먼저 잃은 사람이 되었다. 엄마끼
리도 친구, 자식끼리도 친구. 어디서 어떻게 만났는
지 몰라도 나는 꽤 막역한 사이였겠구나, 짐작했다.

"아줌마가 너 진짜 아기 때 봤는데."

기택의 아내이자 그 집 며느리인 아주머니는 흥분
을 감추지 않고 옛 기억을 꺼냈다. 나는 어색한 웃음
으로 일관했다. 두 할머니가 연극하듯 이야기를 나누

는 동안 곁에서 과일이며 주전부리를 주워 먹던 나는
곧 따분해져서 몸을 배배 꼬았다.

"아줌마랑 시장 갈래?"

아주머니와 어색하게 손을 잡고 힘겹게 올라왔던
그 길을 다시 내려갔다. 올라올 땐 힘들었는데 내려
가는 발걸음은 가벼웠다.

"아줌마가 아들만 둘이라, 여자애 보는 게 너무
신기하다. 어쩜 이렇게 예쁘니?"

아주머니는 시장으로 가는 길 내내 나를 내려다보
며 말했다. 아주머니 눈빛이 조금 부담스러우면서도
기분이 좋아서 입가에 슬며시 미소가 올랐다.

시장에 도착하자 아주머니를 알아보는 몇몇 상인
이 날 보곤 누구냐며 물었다.

"딸이에요. 새로 들인 딸."

농담인 걸 바로 알아챈 사람은 '어디서 그런 예쁜
딸을 데려왔데?' 하며 깔깔 웃었고, 어떤 이는 어리둥
절한 표정으로 나와 아주머니 얼굴을 번갈아 바라보
았다.

과일 몇 개와 파 한 단을 산 아주머니는 시장 한
구석 아동복을 파는 곳에서 걸음을 멈췄다. 여자애
옷은 처음 사 본다며 한참이나 옷 구경을 했다. 소꿉

놀이하듯 옷 하나하나를 내 몸에 대어 보는 행동이 싫지 않았다.

"어휴. 여자애 옷을 얼마나 사 보고 싶었는지 몰라요."

아주머니가 사장님께 하소연하듯 말했다. 그 소원을 이뤄 보겠다는 듯 걸려 있는 옷을 다 꺼내 내게 대 볼 기세였다. 내가 벽 쪽에 쭉 걸려 있는 옷을 찬찬히 뜯어보자 사장님은 요즘 잘 나가는 옷이라며 그중 하나를 건넸다. 아주머니는 흰 바탕에 빨간 땡땡이가 있는 원피스를 내게 대 보고는 얼굴과 옷을 번갈아 쳐다보았다. 아주머니 눈이 위로, 아래로 바쁘게 움직였다. 뭔가 나와는 안 어울리는지 갸우뚱하는 모습마저도 좋았다.

내겐 그렇게 옷가게에 직접 데려가 옷을 사 주는 사람이 없었다. 할머니와 고모들은 내 옷을 자기 취향대로 사와 자꾸 나를 골탕 먹였다. 할머니와 고모 마음은 그게 아니었겠지만, 나는 늘 벌칙 의상을 입는 개그맨이 된 것 같았다.

한번은 막내 고모가 바지를 사 왔는데, 분명 남자애들이나 입을 법한 디자인이었다. 때가 잘 안 타고

별다른 디테일이 없는 짙은 갈색의 광택이 나는 바지
였다. 모양새부터 영 맘에 들지 않았는데, 소재도 비
닐처럼 버스럭거렸다. 손으로 비벼 보니 괴상한 마찰
음이 들렸다. 단박에 안 입는다고 투정을 부리자 '그
래도 한번 입어나 보라'는 고모와 할머니 성화에 못
이겨 꾸역꾸역 다리를 집어넣었다. 바지를 입고 안방
을 가로지르며 걷자 샥, 샥, 샥, 샥 하는 비닐 소리가
났다. 나는 그대로 주저앉아 걸을 때마다 이런 소리
가 나는데 어떻게 입고 다니냐고 떼를 부렸고 할머니
와 고모는 '소리는 무슨 소리' 하며 어이없어했다. 벌
떡 일어나 엉덩이를 들썩거리며 걸었다. 샥샥, 슉슉.
내 귓가엔 그 소리가 천둥만큼이나 크게 들렸다. 다
시 시장에 가서 옷을 바꿔 오는 것보다 내 마음을 바
꾸는 게 수월하다고 판단했는지 고모나 할머니는 끝
까지 괜찮다고, 이런 게 입고 벗기 편하다고, 옷가게
주인이 제일 인기 많은 걸 추천해 줬다고 나를 설득
했다. 나는 입을 꾹 다물었고, 내 침묵을 옷을 입겠다
는 의사 표현으로 받아들인 할머니는 바지를 개서 그
대로 옷장에 넣었다. 그리고 나는 그런 옷들을 열에
한 번, 어쩌다 정말로 입을 옷이 없을 때 마지못해 꺼
내 입었다.

이유를 다 아는 사람처럼

내가 원하는 옷은 레이스가 촘촘히 박힌 블라우스나 프릴이 풍성하게 들어간 치마 같은 것이었다. 치마를 입으려면 스타킹을 신어야 했고, 스타킹은 대부분 흰색이어서 할머니 입장에선 때가 잘 들고 빨기 힘든, 보기만 해도 피곤해지는 옷들이었다.

시장에서 아주머니가 사 준 옷은 흰색 상의에 주름이 잡힌 남색 치마가 붙어 있는 원피스였다. 아직도 그 원피스의 디자인이 분명히 기억나는 이유는 내 친구도 똑같은 것을 가지고 있었기 때문이다. 내가 그 옷을 입고 나타나자 친구는 왜 자기 옷을 따라 샀냐고 투덜거렸지만, 그러거나 말거나 나는 '유행하는 옷'을 입고 있다는 만족감이 더 컸다.

그날 아주머니 입에선 '딸'이라는 단어가 자주 나왔다. 딸이 없어서, 딸을 갖고 싶었는데 하는 탄식 같은 말들. 그 말을 하는 표정이 정말로 아쉬워 보여서 하마터면 나는 나를 허락할 뻔했다. 내가 할머니와 함께 집으로 가려고 일어섰을 때, 아주머니는 농담으로 수현이는 여기 남아 아줌마 딸로 살자, 하고 말했다. 어리긴 해도 그 말을 진심으로 받아들일 정도로 어리석진 않았던 터라 그냥 웃고 말았는데, 한편으론

'그럴까요' 하고 그 집에 눌러앉고 싶은 마음도 있었다. 그 집에서 나와 정류장으로 내려오는 길, 나는 잠깐 아파트를 뒤돌아봤다. 원피스가 든 까만 봉지를 가슴에 품은 채.

기택 할머니가 돌아가시고 나중에 나의 할머니도 세상을 떠났을 때 그녀들이 한곳에 앉아 있는 풍경을 상상해 본 적이 있다. 기택과 태용 옆에 그들의 엄마, 자식, 아내 들이 함께 모여 있는 모습을. 명절날엔 서로의 자식들에게 용돈을 쥐여 주며 머리를 쓰다듬어 주었겠지. 서로의 부모에게 자식이 되어 주고, 서로의 자식에게 삼촌이 되어 주었겠지.

할머니의 전화번호부에 암호처럼 적혀 있던 인연들은 굴곡진 인생 굽이굽이에서 잠시나마 함께 웃고 울었던 이웃들일 것이다.

피붙이도 아니면서 자신의 혈육 바라보듯 나를 보던 할머니들 얼굴이 아직도 선하다. 내가 조금이라도 살이 빠지면 그걸 귀신같이 알아차리곤 울상이 되던 표정, 내 얼굴에서 엄마나 아빠와 닮은 점을 용케 찾아내던 눈빛, 내게 돈과 사탕과 떡을 쥐여 주며 잘 크

이유를 다 아는 사람처럼

라는 말을 주문처럼 외우던 목소리가 내 안에서 계속
자라고 있다.

그 여자의 나이, 스물넷

새해가 시작되는 1월, 제적등본을 떼러 동사무소에 갔다. 서류 몇 장 떼는 건 금방일 줄 알았는데 내가 모르는 정보들을 고모에게 물어보고 채워 넣느라 들어간 지 40분 만에 동사무소를 나올 수 있었다. 기습적으로 부는 찬 바람에 몸속 세포가 쭈뼛 서는 것 같았다. 예전 서류를 복사해 놓은 듯한 종이에 아빠와 엄마, 다현과 내 이름이 함께 적혀 있었다. 지금은 모두 흩어진 네 사람이 한때 가족이었다는 것을 아는 유일한 목격자를 만난 기분이었다. 세월이 묻어나는 서류속 글씨체가 아빠와 엄마의 짤막한 삶을 이야기해 주고 있었다.

엄마의 서류를 먼저 읽었다. 서류에는 엄마 이름

과 본적, 얼굴도 기억나지 않는 외할아버지와 외할머니 이름이 한자로 적혀 있었다. 나는 본적 주소를 핸드폰 로드맵으로 검색했다. 아주 오래전에 찍어 놓은 사진이 아닐까 싶을 정도로 황량한 벌판에 파란 지붕의 낡은 집 한 채가 화살표 표시를 받으며 서 있었다. 내가 이곳을 가 본 적이 있었나. 광이라고 불리는 창고에 올라갔던 기억과 앞마당에 활짝 피어 있던 검은 점무늬가 가득한 짙은 주홍빛의 호랑이 꽃을 본 기억이 있긴 하지만 그곳이 여기가 맞는지는 알 수 없었다. 어차피 본적 주소라 별 의미가 없는 것 같아 사진만 바라보다 핸드폰을 주머니 속에 넣었다. 다시 서류로 눈을 돌렸을 때 엄마 주민등록번호가 눈에 들어왔다. 이십 대에 나를 낳았겠지, 어림해 보았을 뿐 실제로 엄마가 나를 낳은 나이를 정확하게 알게 된 건 그때가 처음이었다. 엄마는 스물넷에 나를 낳았다. 당시엔 대부분 이십 대에 결혼하고 아이를 낳았다고는 하지만 스물넷이라는 나이는 도무지 상상이 가지 않았다.

임신 기간을 고려하면 엄마는 스물셋에 나를 가졌다. 스물셋부터 우리가 헤어지던 엄마 나이 서른까지, 엄마의 이십 대에 내가 있었다. 나의 이십 대는 어떠했나. 나의 스물넷과 엄마의 스물넷은 얼마나 멀리 있는 것일까. 그때의 나는 엄마에게 기다려 온 축복이었을까, 예기치 않은 불행이었을까. 축복이든 불행이든, '지금 우리는 헤어져 있다'라는 냉정한 현실이 몸을 불리는 잡념에 제동을 걸었다. 그래. 그게 뭐든 다 무슨 의미인가. 이미 지나온 시간인데.

　서류 속 아빠의 인생은 그 누구도 이어 쓸 수 없는 이야기가 되어 커다란 공백을 남긴 채 멈춰 있었다. 아빠 서류에 적혀 있는 '1988년 12월 16일 사망. 아내 신고'라는 이 짤막한 한 줄이 길을 걷던 내 발을 붙잡았다. 아내 신고. 그 두 단어의 무게가 너무 무거워 나는 한참이나 붙들린 듯 서 있었다.

　남편의 사망 신고를 하기 위해 동사무소로 향하는 스물일곱 살 여자의 발걸음. 12월의 찬 공기와 함께 동사무소 문을 열고 들어가는 생기 없는 얼굴. '사망 신고…… 하러 왔는데요'라고 말하는 작고 희미한 목소리와 사망 신고서를 작성하며 주춤거리는 손. 서류를 건네받는 동사무소 직원의 흘깃거리는 시선을 애써 덤덤하게 마주하는 눈동자. 그저 어린 딸의 손만 꽉 쥔 채 두 발로 버티고 서 있는 젊디젊은 여자가

　　　　　　　　　이유를 다 아는 사람처럼

눈앞에 서 있었다. 그 상황이 너무도 선하게 그려져 마음을 거세게 두드렸다. 순식간에 서류 속 글자들이 수채화처럼 물기를 머금고 흩어졌다. 울고 싶지 않아 숨을 크게 내쉬었다. 그때 엄마는 울었을까. 울지 않았을 수도 있지만, 결코 웃을 수 없는 하루였겠지. 그런 하루가 엄마에겐 얼마나 많았을까.

쇠붙이 냄새로 가득한 그 작은 철물점 안에서, 귀가 먹먹해질 정도로 울음을 토해 내는 미싱 기계 앞에서 엄마의 청춘은 발이 묶인 채 속절없이 흘러갔다. 나는 출산과 육아, 남편의 죽음으로 채워진 여자의 시간을, 그 시간의 의미를 똑바로 보아야 했다. 그게 엄마와 온전히 헤어지는 방법이었다. 딸의 입장으로는 도무지 이해할 수 없었던 것들이 '엄마'라는 막을 거둬 내니 또렷하게 보였다. 엄마라는 이름에 따라오는 책임감, 모성애, 희생정신 같은 꼬리표가 싹둑 잘려 1월의 바람을 타고 날아갔다. 언제고 다시 나는 딸이 되어 엄마를 미워하고 그리워하겠지. 딸과 여자가 서로 줄다리기하다 결국에 주저앉는 쪽은 누구일까.

사나운 바람이 서류를 쥐고 있는 손을 날카롭게
스쳤다. 내 발은 이미 얼어붙었는지 쉽게 걸음을 옮
길 수 없었다. 바람 속에서 나는 갈 길을 잃어버린 사
람처럼 그렇게 서 있었다.

이유를 다 아는 사람처럼

다른 생을 사는 나에게

"독한 년."

큰할머니는 가끔 우리 집에 오면 나를 보고 이런 말을 했다. 시선은 나를 향하고 있었지만 내게 하는 말이 아니라는 걸 알고 있었다. 굽은 어깨가 위아래로 움직일 정도로 씩씩거리며 숨을 내쉬던 큰할머니 얼굴은 단단히 화가 난 사람 같았다.

"지 새끼 떼 놓고 어디 잘 사나 봐. 어휴."

큰할머니가 고개를 절레절레 흔들며 벽에 시선을 두면, 난 그제야 보이지 않는 그물에서 풀려난 기분이 들었다.

"저 어린 게 무슨 죄야."

큰할머니는 등을 돌린 채 소매를 끌어 올려 눈가를 꾹꾹 눌렀다. 나는 아무렇지 않은 척 앞에 놓인 과

자를 집어 먹었다. 큰할머니가 옆에서 눈물을 닦고 있는데도 우리 할머니는 TV에 눈을 고정한 채 입을 꾹 다물고만 있었다. 마치 곁에 큰할머니가 없는 것처럼. '그러게요' '그건 아니죠' '그렇다고 어쩌겠어요' 따위의 어떤 말도 하지 않았다. 큰할머니 역시 누구의 대꾸를 기대하지 않았던지, 조금 훌쩍이곤 TV를 마저 보았다. 큰할머니의 감정은 빠르게 흩어졌다. 간간이 TV를 보며 "어휴, 어휴" 늘어진 한숨만 쉬었다.

가끔 큰할머니가 집에 와 엄마에 대해 안 좋은 말을 할 때면 나는 옆에 앉아 할머니 눈치를 봤다. 할머니는 큰할머니가 하는 저 말이 맞다고 생각할까. 죽일 년. 독한 년. 자기 새끼 버리고 저 혼자 잘 살겠다고 도망간 년. 할머니는 큰할머니의 거침없는 비난에 어떤 대꾸도 하지 않았기에, 그 마음이 더 궁금했다. 할머니 입에서 어떤 말이 나온다면 그 말이야말로 내게 정답이 될 터였다. 우리 엄마는 진짜 나쁜 사람인지 아닌지. 하지만 할머니는 우리 엄마란 사람이 있었는지조차 모르겠다는 얼굴로 미동도 없이 앉아 있을 뿐이었다.

독한 년.

이유를 다 아는 사람처럼

아이를 낳고 나니 큰할머니 말뜻이 조금 이해되었다. 이제 막 여섯 살을 지나고 있는 둘째가 재롱을 부리거나, 천진한 얼굴로 잠이 든 모습을 보면 나는 결코 이 아이를 떠날 수 없을 거란 확신이 들었다. 어떻게 해서든 건강히, 오래오래 아이들 곁에 머물고 싶다는 마음이 울컥 차올랐다. 영영 아이들을 못 본다는 상상만으로도 앞이 캄캄해졌다. 이런 생각을 하며 나는 엄마가 얼마나 독한 사람인가 새삼 깨닫곤 했다. 엄마는 안 궁금했을까. 초등학교 교문을 처음 통과하는 딸의 뒷모습, 종일 거울 앞에서 머리를 매만지는 사춘기 때 얼굴, 나이가 들어 짝을 곁에 두고 앉아 있는 어느 날. 그런 것들이 한 번도 궁금하지 않았을까.

함께할 미래를 포기하고 두 딸을 남겨 둔 채 돌아서는 발걸음은 얼마나 무거웠을까. 그래서 자꾸 발을 멈추고 뒤를 돌아보며 어쩔 줄을 모르고 서 있다가 힘겹게 다시 발을 뗐겠지. 진짜 독한 마음을 품은 사람처럼.

큰할머니가 엄마의 이모였다면 다른 말을 했을 것이다. 독한 년이라는 말 대신 홀연히 죽은 우리 아빠를 무시로 원망하며, '산 사람은 살아야지' 하고 말했으리라. 쇠 냄새가 단단하게 밴 철물점에서 두 딸을 키우며 재봉틀을 밟는 조카에게 이만하면 되었다고, 너도 네 살길을 찾아야 한다고. 애가 타는 마음으로 철물점 단칸방에서 엄마를 구해 내려 했을 것이다.

내가 엄마 상황이었다면 어땠을까. 남편이 훌쩍 떠나 버린다면, 남은 건 작은 철물점과 가게에 딸린 방 한 칸과 재봉틀이 전부라면. 그리고 내가 겨우 서른이라면, 고모는 내게로 와 무슨 말을 할까. 죽으나 사나 애들은 무조건 엄마 손으로 키워야 한다, 이런 말을 쉽게 할 수 있을까. 나라면, 나였다면…… 내가 어떠한 선택을 할 거라고, 도무지 장담할 수가 없다.

메타버스Metaverse를 소재로 한 영화를 보았다. 주인공은 여러 차원의 우주에서 무수한 자신이 다른 생을 살아가고 있다는 걸 알았다. 영화가 끝나고 극장을 빠져나오며, 지금을 살아가는 나와 다른 삶을 살아가고 있는 나를 떠올려 보았다. 엄마와 함께 살아가는 다른 세상의 나는 더 나은 삶을 살고 있을까. 영화 속에서 봤던 장면처럼 다른 우주의 '나'들이 하나씩 스쳐 갔다.

버스 정류장에 얇은 점퍼를 입고 팔짱을 낀 채 무뚝뚝한 표정으로 서 있는 수현1이 있다. 엄마와 다현과 함께 사는 수현1은 몇 해 전 겨우 철물점에 딸려 있던 방 한 칸을 벗어났다. 생활이 어렵지만, 엄마와 동생을 위해 희생하는 수현1. 엄마는 수현1이 안쓰럽지만 이번 달 공과금을 수현1에게 부탁할 수밖에 없다. 수현1은 버스 안내판을 보며 자꾸 한숨을 쉰다.

어느 카페, 커피를 앞에 두고 못마땅한 얼굴로 엄마 앞에 앉아 있는 수현2. 엄마는 수현과 다현을 데리고 재혼을 했고, 수현2는 새아빠가 불편해 늘 방문을 걸어 놓은 채 죽은 듯 자기 방에 누워 있다. 엄마는 수현2에게 새아빠에게 살갑게 좀 굴어 보라고 하소연하지만, 수현2는 엄마에게 쏘아붙인다. "엄마 좋자고 재혼했으면서 나한테 이래라저래라 하지 마!" 모녀는 결코 서로 눈을 마주치지 않는다.

중년 남성의 팔짱을 끼고 횡단보도를 건너는 수현3은 새아빠가 생겨서 그저 행복하다. 수현3은 엄마에게 눈치 좀 챙기라는 말을 종종 듣는다. 그런 말을 들을 때마다 자신이 아빠의 친딸이 아님을 상기한다. 수현3은 새아빠와 함께 걸으면서 그의 표정을 유심히 관찰하고 있다.

수현1, 2, 3 그리고 지금의 나. 여러 삶의 나와 나의 엄마들. 그들 중 가장 나은 삶을 사는 사람은 누구일까.

결국, 어떤 선택을 하고 어떤 삶을 살고 있든 나는 내 모든 생의 엄마가 원망스럽고 또 안쓰럽다. 나와 다현을 포기하지 않는 억척스러운 모성은 가엾고, 나와 다현을 떠나 버린 비정한 발걸음은 괘씸하다. 재봉틀 앞에 앉아 있는 엄마를 일으켜 세우고 싶다가도, 허리에 와락 매달리고 싶어진다. 내 주변을 배회하던 모든 내가 서서히 사라지고 있다. 나는 다급히 그들을 불러 세워 부탁한다. 엄마가 주먹을 꽉 쥘 때면 그 손을 가만히 잡아 달라고. 그 빈 주먹에 조금이나마 온기를 불어넣어 달라고.

이유를 다 아는 사람처럼

내가 갈 수 없는 집

그날 우리는 할머니 집에 처음 왔을 때 입었던 원피스를 입었다. 초가을에 입기엔 조금 더운 벨벳 소재의 옷이었지만, 오랜만에 치마를 입은 나는 신이 나 거실에서 발레리나 흉내를 냈다. 할머니는 안방에서 다현의 머리카락을 빗겼다. 엉킨 것 하나 없는 다현의 짧은 단발 머리카락을 계속 쓸어내렸다.

"할머니! 안 가?"

"세수 좀 하고."

나갈 준비를 벌써 마친 나와 달리, 할머니는 답답할 정도로 굼떴다. 내 재촉에 그제야 엉덩이를 떼고 느릿느릿 일어났다. 신을 꿰신으며 할머니에게 말했다.

"할머니, 나 은혜네 집에서 놀고 있을게. 갈 때 나데리고 가!"

잠깐도 못 참고 친구와 놀고 싶었던 나는 한 건물 반지하에 사는 친구네 집으로 갔다. 원피스를 입은 모습을 보여 주고 싶은 마음도 있었다. 친구 집에 들어서며 말했다. "나 금방 가야 돼. 조금만 놀 수 있어." 하지만 할머니는 좀처럼 내려오지 않았다. '이쯤 되면 불러야 하는데', 속으로만 생각하고 카세트 플레이어에 푹 빠져 내 목소리를 녹음하고 듣느라 쉬이 자리에서 일어나지 못했다.

한참 뒤에 부리나케 집으로 달려갔으나 할머니와 다현이는 이미 없었다. 잠긴 문을 열고 들어갈 방도가 없어, 연립주택 계단에 앉아 할머니를 기다렸다. 얼마나 지났을까. 할머니는 혼자 돌아왔다. 여섯 살 다현이는 없었다.

"왜 나 두고 갔는데! 나도 같이 갔어야지!"

발을 구르며 소리 지르는 나를 본 척도 않고 할머니는 계단을 올라갔다. 징징거리는 나는 안중에도 없었다. 할머니는 집에 들어서자마자 거실에 쓰러지듯 주저앉았다. 그러곤 가만히 바닥에 엎드렸다. 할머니가 숨을 들이쉬고 내쉴 때마다 거친 흐느낌 소리가 들렸다. 나는 어찌할 줄을 몰라 할머니 곁에 가 앉아 울었다. 나만 떼어 놓고 간 할머니가 미웠고, 엄마가 보고 싶었고, 다현이가 부러웠다. 나도 엄마한테 가고 싶어. 겨우 입을 뗐지만, 할머니는 울기만 했다.

그날은 다현이가 입양을 간 날이었다. 하나밖에 없는 동생이 내 인생에서 홀연히 사라진 날이기도 했다.

사는 내내 그날의 내 행동을 두고두고 후회했다. 상상 속에서 경쾌하게 계단을 내려가는 나의 팔을 수십 번 잡아챘다. 친구네 가지 말고 제발 집에 있으라고. 할머니를 따라 그 집에 같이 가라고. 겨우 일곱 살이었던 내가 그 집에 같이 간들 할 수 있는 게 뭐가 있었을까 싶지만, 희미하게나마 그 집으로 가는 길과 양부모의 얼굴, 집의 형편을 머릿속에 담을 수 있었을 것이다. 그 집에서 울고불며 다현과 같이 다시 집에 가자고 떼를 썼을지도 모른다. 다현이 어떤 집으로, 어떤 부모 밑으로 입양된 건지 내 눈으로 직접 확인할 수 있었더라면, 조금이나마 마음을 놓고 살아갈 수 있었을까.

내가 아는 것이라곤 할머니와 고모들에게 들은 파편적인 정보밖에 없었다. 그나마도 확실하지 않았다. 남이나 다름없는 먼 친척의 아는 사람. 자식을 갖지 못한 삼십 대 후반의 부부. 우리 자매 이야기를 듣고 잠깐 찾아와 다현이를 보고 갔던 남자와 여자. 그게 내가 아는 전부였고, 내가 할 수 있는 전부는 그 부부가 다현이를 친딸처럼 대하고 보살피기를 바라는 것뿐이었다.

다현과 내가 할머니 집에 같이 살 때, 셋째 고모는 도넛 모양의 옥 목걸이를 우리 둘에게 나눠 줬다. 빨간 실에 매달린 목걸이를 다현과 내 목에 걸어 주며 "나중에 너희가 서로를 잃어버리게 된다면 이 목걸이로 찾아"라고 말했다. 고모는 알고 있었나. 우리가 헤어질 거라는 걸. 그리고 나는 그 말을 믿었나. 겨우 목걸이 하나로 잃어버린 동생을 찾을 수 있을 거라고. 나는 우리가 헤어지긴 왜 헤어지느냐고 묻지도 않고, 순순히 목걸이를 목에 걸었다.

다현이 사라지고 몇 해 동안 그 목걸이를 걸고 다녔다. 정말로 이 목걸이로 다현이를 찾을 수 있지 않을까. 진부한 드라마의 한 장면처럼 우연히 서로의 목걸이를 발견하고는 우리가 헤어졌던 언니와 동생임을 깨닫고는 부둥켜안고 눈물을 흘리는 날이, 다시 한집에서 살게 되는 날이 오지 않을까. 하지만 그런 상투적인 기적이 얼마나 비현실적인지 깨닫게 된 이후 목걸이를 서랍 깊은 곳에 넣어 두었다.

　스무 살이 지났을 무렵 다현의 생사를 알고 싶어 주민센터에 찾아갔지만, 아무것도 알 수 없었다. 용하다는 점집에 다현의 생년월일을 들고 간 적도 있었는데, 그곳에서 다현은 엄마가 두 명일 수밖에 없는 운명이란 말을 들었다. 다현은 두 어머니를 섬기는 운명을 타고났다고, 고향을 떠나야 더 잘 살게 된다고, 명도 길고 중년과 말년에 더 잘될 거라고. 나는 점쟁이 말을 들으며 "아, 다행이네요" 하며 고개를 끄덕였다. 낮은 음성으로 말을 이어 가던 그녀는 이제 마지막이라는 듯, 내 얼굴을 빤히 바라보며 입을 열었다.

　"나 지금 잘 살고 있어. 걱정하지 마, 언니."

　화려한 색동저고리를 입고 머리를 틀어 올려 쪽 찐 점쟁이가, 세월의 흔적이 겹겹이 얼굴에 남아 있는 여자가, 나를 '언니'라고 불렀다. 나는 차마 '다현아'라고 불러 보지 못하고 고개를 떨구었다.

　그저 날 위해 지어낸 말일 수도 있겠지만, 그 말을 믿고 싶었다. 집으로 돌아오는 길, 아무리 불러도 대답 없는 이름을 마음속으로 부르며 간절히 빌었다. 어디에 있든 많은 것을 누리고 큰 사랑을 받기를. 내 마음속 작은 새 한 마리가 둥지를 떠나 높은 하늘로 날아오르는 기분이었다.

"그런 거 다 미신이에요. 생년월일이 같은 사람들은 다 똑같은 삶을 살게요?"

사주나 신점에 대해 이야기를 나누다, 지인이 흘리듯 말했다. "그렇죠" 하며 웃고 말았지만, 그래도 어딘가 자신의 사주와 딱 들어맞게 사는 사람이 한 명쯤 있었으면 하고 바랐다. 이 바람이 다현보다 나를 위한 일이란 걸 알지만, 어떤 일은 믿는 것 말고는 할 수 있는 게 없다. 다현이 새로운 이름과 생년월일로 살아가더라도 원래 사주대로 나이 들수록 복을 더 많이 받는 사람으로 살아가기를, 나는 그저 기도할 뿐이다.

우리는 가끔 서로를 떠올리겠지

은지야. 너의 이름을 얼마 만에 불러 보는지. 얼마 전
이사 때문에 집 정리를 하는데, 편지가 한 무더기 나
왔어. 어린 시절 친구를 만난 것처럼 반가운 마음에
편지를 한 장 한 장 읽기 시작했지. 두 박스에서 나온
수많은 편지 중 절반이 너에게 받은 것이더라. 어렸
을 땐 매일같이 만나면서도 편지로 이야기하기를 즐
겼던 것 같아. 편지지를 직접 만드는 것도 놀이처럼
즐거운 일이었어. 오래전 유행하던 캐릭터와 너의 글
씨체까지도 참 반가웠어.

　내가 여섯 살에 할머니 집으로 와서 처음 사귄 친
구가 너였어. 요즘은 엄마들끼리 먼저 친해진 후 나
중에 아이들이 친구가 되는 일이 종종 있는데, 우린
단지 집이 가깝다는 이유로 서로의 '절친'이 되었잖

아. 그게 너라서 얼마나 다행이었나. 문득 그런 생각이 든다.

네가 우리 할머니한테 '수현이는 왜 엄마 아빠가 없어요?' 하고 물어봤던 기억이 나. 여섯 살 아이라면 당연히 궁금해했을 일이었지. 맨날 할머니랑만 다니는 내 모습이 이상해 보였을지도 모르고. 그때 우리 할머니가 '수현이 엄마 아빠는 미국에 갔다'고 말했잖아. 우와! 감탄하며 놀라는 네 얼굴을 보면서 나는 우리 엄마 아빠가 진짜 미국에 있는 거라면 얼마나 좋을까, 생각했어. 친구를 저렇게 놀라게 하는 사람이 되고 싶었나 봐. 신기하게도 그 뒤로 너는 내 앞에서 우리 부모님에 대해 물은 적이 없었어. 네 엄마 아빠는 언제 돌아오냐고, 왜 너를 데려가지 않았냐고, 미국에서 무슨 일을 하냐고 묻지 않았지. 집이 가까운 만큼 저절로 알게 되는 일들이 있고, 아마 너는 어느 시점에 내 가정사를 어렴풋이 이해했을 테지.

은지야, 너는 다현이를 보았던 내 유일한 친구이기도 해. 내가 '다현'이라는 이름을 꺼냈을 때 '나 걔 알아' 하고 대답해 줄 사람은 오직 너뿐이야. 나 말고 다른 사람 기억 속에도 다현이 남아 있다는 사실이 나를 조금이나마 다독여 줘. 다현이가 입양을 가고

105   이유를 다 아는 사람처럼

나서 너는 물었지. 다현이는 어디로 갔느냐고. 그때 나는 다현이가 엄마한테 돌아간 줄로 알았는데, 네게 는 그냥 모른다고만 대답했어. 그 말을 하면서 울음 이 새어 나왔고 한번 터진 눈물은 쉽게 진정되지 않 아 입을 삐쭉이며 계속 울먹였지. 너는 그런 내 앞에 서 왜 우느냐고, 울지 말라고 말하는 대신 가만히 옆 에 있어 주었어. 은지야, 그때 너의 침묵이 내가 타인 에게 받은 첫 위로였던 것 같아.

초등학교 2학년쯤이었을까. 너희 집에서 친구들 과 TV를 보던 중이었어. 드라마였는지 다큐멘터리였 는지, 소녀 가장이 등장했는데, 친구 한 명이 저게 말 이 되느냐고, 부모 없이 혼자서 어떻게 사냐고 무심 히 말했어. 그 말에 모두가 'NG다 NG!' 하며 깔깔대 기 시작했지. 나 혼자 웃지 못한 채 마른침만 삼키고 있었어. 기억나니? 그때 네가 아이들 웃음소리에 말 하나를 보탰잖아.

"아니, 뭐, 그럴 수도 있지."

웃지도 못하고 입만 꾹 다물고 있는 나를 위해, 너 는 입을 열었어. 부모 없이 살 수도 있지, 그게 뭐가 말이 안 되고 우습냐는 투로. 네 말에 아이들 웃음이 멈추고 아주 잠깐, 짧은 정적이 찾아왔지. 모두가 그 짧은 시간에 '그럴 수도 있겠구나' 하고 생각하는 것 같았어. 바로 무슨 일이 있었냐는 듯 주제를 바꿔 신나게 떠들었지만.

은지야, 내 이야기를 하면 세상 사람들은 그저 놀라기만 해. 가족이 모두 뿔뿔이 흩어져 산 내 사연을 듣고 어떻게 그런 인생이 있느냐고, 말도 안 된다고, 가엾다고 안됐다고 놀라고 안타까워해. 나는 그런 사람들을 볼 때마다 예전의 너를 생각해. 너는 아빠가 죽고, 엄마와 헤어지고, 동생마저 사라지는 일이 드라마에서나 일어나는 게 아니란 걸 아는 사람이잖아. 그런 삶이라고 한결같이 슬프고 어둡고 변함없이 불행한 건 아니라는 걸 알아서, 별일 아닌 듯 그냥 '그럴 수도 있다'고 말해 줄 수 있는 사람이기도 하고. 나는 그 사람들이 너와 같다면, 하고 바라게 돼. '아, 그럴 수도 있지요. 그런 인생도 있군요' 하고 말해 줬으면. 그냥 덤덤히 예사롭게 받아들여 줬으면 하고.

있지, 나 아이도 둘이나 낳았어. 신기하지? 가끔 아이들은 내 존재를 나 스스로 알아차리게 만들어. "나는 엄마 없이 못 살아." 이런 말을 둘째가 내 목을 끌어안으면서 서슴없이 해. "엄마도!" 나는 이렇게 맞장구치고는 정작 마음속에 품고 있는 말은 삼켜. '아가, 엄마가 없어도 충분히 살 수 있단다. 엄마가 없는 사람도 뭐든 다 할 수 있단다' 하는…… 그런 말.

은지야, 나는 엄마가 세상 전부인 내 아이가 부모 없는 사람을 만났을 때, 오래전 너처럼 '그럴 수도 있지' 하고 말해 주는 사람이 되길 바라. 피부색이 다른 친구, 몸이 불편한 친구, 듣기나 말하기가 어려운 친구를 만났을 때, '아, 그럴 수 있지' 하고 대수롭지 않게 받아들이는 사람. 타인에게 놀라는 얼굴을 보여 주기보다 그저 고개를 끄덕여 줄 수 있는 사람. 호기심보다 이해가 앞서는 사람이 되면 좋겠어.

너도 가끔 나를 떠올리는 날들이 있겠지. 살면서 자신의 의지와 상관없이 누군가를 잃은 사람을 만난다면, 너는 '그런 일이 있었군요' 하면서 나를 떠올리겠지. 우리는 종종 서로를 떠올리며 고개를 끄덕이며 살아왔겠구나.

은지야. 네가 있었기에 나는 지금의 내가 되었어. 네가 나의 친구였기에 그 시절을 무탈하게 지날 수 있었어. 너와 함께한 시간을 떠올리면 따스한 조명을 켠 것처럼 환하게 빛이 나. 그런 시간을 만들어 줘서 고마워.

언젠가 이 편지에도 답장을 해 주길 바라. 늦더라도 잊지 않고 꼭 답장을 줬던 아주 오래전처럼. 은지야, 잘 지내. 어디서나.

할머니의 사랑은 귀를 타고

12월의 언 땅을 두 번이나 파내야 했던, 남겨진 가족에게 너무나 잔인한 1988년 겨울이었다. 자식의 영정 사진을 마주한 할머니 마음을 생각하면 깊이를 알수 없는 물에 빠진 기분이 든다. 그때 할머니 곁에 남은 건 결혼한 큰딸과 아직 고등학교도 졸업하지 못한 막내딸까지 다섯 남매뿐이었다. 그 다섯 남매를 겨우다 키웠을 무렵에 내가 불쑥 할머니 삶 속으로 들어왔다.

할머니는 자신만의 방식으로 나를 키웠다. 나는 빨기 쉽고 입기 편한 무채색 옷들을 자주 입었다. 아침마다 묶기 번거롭다는 이유로 미용실에서 긴 머리를 싹둑 잘려 오던 날엔 엉엉 울며 엄마를 찾았다.

유치원에서 웅변을 하던 날, 사람들 틈에 앉아 있

는 할머니가 한눈에 들어왔다. 할머니는 함박웃음을 띤 채 어깨를 덩실거리며 소리 없는 박수를 치고 있었다. 내가 노래를 하는 것도 아닌데 왜 할머니는 어깨춤을 추고 있을까. 표정 변화 없이 앉아 있던 어른들 사이에서 유독 빛을 발하며 나를 바라보던 얼굴. 나 혼자 나간 대회도 아닌데 마치 유치원 대표로 나온 것처럼 손녀를 향한 자랑스러움과 뿌듯함이 배어 나오던 표정과 애써 흥분을 누르며 소리 죽여 치던 박수는 나도 모르게 내 마음 한구석에 반짝이는 작은 점을 남겼다. 어두운 하늘에 박힌 별처럼 늘 너를 지켜보는 이가 있다는 것을 상기시키듯이.

등을 긁어 달라고 뒤돌아 앉으면 할머니는 행여나 손톱 때문에 상처가 날까 꼭 손바닥으로 내 등을 훑었다. 그럴 때면 할머니의 거친 손바닥이 빳빳한 때 수건처럼 등을 훑었다. 아니 손톱으로. 내가 등을 더 바짝 붙이면 할머니는 그제야 바짝 자른 손톱으로 아까보다 더 조심스레 등을 긁어 주었다.

밥을 먹을 때, 어쩌다 밥상 모서리에 앉아 있으면 할머니는 거기서 먹으면 체한다고, 옆으로 들어와 앉게 했다. 밥상이 동그란 모양으로 바뀌기 전까지 숟가락을 들기 전, 할머니는 내가 앉은 자리를 꼭 확인하곤 했다.

밥상 모서리처럼 세상의 날 선 말들이 내 가슴팍을 겨냥할 때마다 자신의 품 안쪽으로 부지런히 나를 당겨 주던 할머니. 그 품은 오래도록 내가 까불고 뛰놀 수 있을 만큼 널찍했지만, 그렇게 너른 품을 만들어 낸 몸은 믿기지 않을 만큼 빠르게 작아져 갔다. 할머니의 시간과 나의 시간이 반대로 흐르는 것 같았다.

내가 미래로 한 걸음 한 걸음 나아갈수록 할머니는 과거에 무언가를 놓고 온 사람처럼 자꾸만 뒷걸음질 쳐 되돌아갔다. 기억을 자주 놓치고 누워만 있는 날들이 많아졌다. 거의 온종일 잠들어 있는 모습만을 보게 될 무렵 할머니는 치매 진단을 받았다. 할머니가 요양병원에 입원하던 날, 돌아오는 차 안에서 할머니와 가장 오래 살았던 막내 고모는 하염없이 울었다. 주말에 병문안을 가면 침대에 기대앉아 멍한 눈으로 TV를 보던 할머니는 내 손을 붙잡고 '나 좀 집에 데려가라' 애원하곤 했다.

어렸을 적 할머니 등은 내게 커다란 산이었다. 할머니를 꼭 끌어안은 채 등에 귀를 대고 이야기를 나누면 할머니 목소리가 메아리처럼 내 안 온 곳에 울렸다. 할머니의 사랑이 귀를 타고 내 온몸에 닿았다. 작아진 할머니 등을 가만히 바라봤다. 힘들 때마다, 투정 부리고 싶을 때마다, 엄마 생각이 날 때마다 기대어 왔던 그 등이 환자복에 덮인 채 병상에 모로 누워 있었다.

임신 5개월 무렵, 설날을 일주일 남겨 둔 어느 날 꿈에 할머니가 나왔다. 내가 기억하는 가장 젊었을 때 모습을 한 할머니는 내 유치원 졸업식 날 입었던 청색 양장을 입고 눈부시게 화려한 귀고리와 목걸이까지 하고 있었다. 생소한 할머니 모습에 놀란 목소리로 물었다.

"할머니, 어디 가?"

할머니는 조금 사이를 두고 입을 열었다.

"큰할머니 만나러."

할머니는 한참 문 앞에 서서 나를 봤다. 그러고는 이제 되었다는 듯 현관문을 열었다.

"할머니 간다."

잘 다녀오라는 인사를 하기도 전에 문이 닫혔다. 철컹 닫힌 문 앞엔 할머니의 신발이 그대로 놓여 있었다.

꿈이 너무 생생하고 이상해서 아침에 남편에게 다음 주 설에 할머니 병원에 다녀오자 이야기를 나눴다. 그리고 가기로 한 설날 하루 전에 할머니는 내 곁을 떠났다.

시댁에 막 도착해서 어머님이 내어 주신 곶감을 먹고 있었다. 밖에서 통화를 마치고 들어오는 남편 표정이 어두웠다. 더듬더듬 전하는 이야기에 심장이 순간 무거운 추를 매단 것처럼 발끝으로 곤두박질쳤다. 시댁인 구미에서 급하게 서울로 올라왔지만 난 끝내 할머니의 마지막 순간을 함께하지 못했다.

남편과 연애를 막 시작할 무렵, 거실 창으로 흩날리는 벚꽃잎을 바라보던 할머니에게 말했다.

"할머니, 오빠 차 있으니까 우리 벚꽃 보러 한번 가요. 내가 꽃구경시켜 드릴게."

내 말에 할머니는 "벚꽃은 무슨……. 됐다" 하며 웃을 뿐이었다. 할머니 목소리가 떨어지는 꽃잎처럼 느리게 퍼졌다. 그저 말만 했을 뿐이면서 나는 이미 대단한 효도라도 한 것처럼 뿌듯한 마음으로 할머니 등을 꼭 껴안았다.

할머니에게 겨울은 평생 슬픔의 계절이었다. 추울 때 가면 남은 사람들 고생하는데. 할머니가 자신의 죽음을 아무렇지 않게 이야기할 때마다 나는 그런 말 좀 하지 말라며 눈을 흘겼다.

그렇게 싫다던 겨울에 할머니는 떠났다. 벚꽃도 못 보고. 하필 설 전날인 탓에 문상객도 적었던 할머니의 마지막 방을 생각한다. 그 방에 주저앉아 말없이 울던 고모와 삼촌도. 구석에 앉아 할머니 영정사진을 물끄러미 바라보다 배 속 태동에 정신을 차렸던 일도.

결국 벚나무 아래 할머니 모습을 나는 영영 볼 수 없게 되었다. 더 자주 찾아갈걸. 좀 더 오래 있다 올걸. 지키지 못한 수많은 약속이 파도처럼 후회로 되돌아와 내 마음을 덮쳤다. 장례식장에서 수차례 무너지는 나를 고모들이 붙잡았다. 수현아, 아기가 슬퍼해. 그 말에 터지는 눈물을 애써 목 안으로 삼켰다. 그럴수록 불덩어리를 삼킨 듯 가슴은 뜨겁고 발과 손에선 힘이 빠져나갔다. 뒤돌아보면 늘 등 뒤에 서 있던 할머니는 영정 사진 속 희미한 웃음만을 남긴 채 그 어디에도 존재하지 않는 사람이 되어 버렸다. 주위를 맴돌며 나의 안녕을 바라던 별 하나가 끝끝내 떨어졌다.

이유를 다 아는 사람처럼

할머니의 죽음은 내겐 가장 아픈 이별이었지만 어쩌면 할머니에겐 그토록 그리워한 할아버지와 아빠를 만나는 순간이었을지도 모르겠다. 이렇게 생각해야 나를 위로할 수 있었다. 할머니는 큰할머니를 만났을까. 할아버지와 우리 아빠도 만났을까. 혹시나 내 걱정에 자꾸 뒤를 돌아보며 더디게 가느라 아직 도착하지 못한 건 아닐까. 할머니는 아빠를 만나 내 이야기를 어떻게 전했을까. 명절에 친척들이 모였을 때 얼굴이 다 화끈거리도록 쉴 새 없이 내 칭찬을 늘어놓던 그날처럼 아빠에게도 그렇게 자랑했을까.

전화를 걸면 핸드폰 너머 '여보세요' 하던 할머니 목소리가 그립다. "할머니! 나야!" 하면 1, 2초의 정적 끝에 '수현이냐?' 하고 되묻던 할머니의 말투, 억양, 숨소리 같은 것들이. 할머니와의 통화는 꼭 먼 우주에 있는 사람과 미약한 신호로 대화를 나누는 것 같았다. 내가 말하면 조금 늦게 할머니가 답하고, 할머니 말이 끝나기 무섭게 또 물으면 사이를 두고 할머니가 답하는, 빠르고 또 느렸던 우리의 대화. 그 대화를 벚꽃이 흐드러진 나무 아래서 할머니 등에 기대 나누고 싶다. 할머니 생전에 부끄럽다는 이유로 못 했던 말들도 함께. 할머니, 우리 다음 생에 만나요. 그

때도 나의 할머니가 되어 주세요. 나는 아주 늦은 인
사를 보낸다.

이유를 다 아는 사람처럼

2부

내 세상에 없던 단어를 맞이하며

'엄마'의 뒷면

서른. 첫 임신을 하고 '맘카페'라는 곳을 알게 되었다. 결혼 준비를 할 땐 예비 신부들이 모여 있는 카페를 들락날락하며 온갖 정보들을 얻었는데, 이번엔 예비 엄마들이 모인 맘카페를 찾게 된 것이다. 그곳은 지역별, 주 수별로 게시판이 나뉘어 있었고 임신과 출산에 필요한 준비물을 공유할 수 있는 게시판도 따로 있었다. 내 몸에 일어나는 변화가 낯설고 불안했지만, 그때마다 병원을 찾을 수 없는 노릇이었기에 몸에 작은 변화가 있을 때마다 맘카페에 접속했다. 지금 나와 같은 주 수의 사람은 증상이 어떤지, 가끔 배 왼쪽이 꾹꾹 쑤시는 건 왜 그런 것인지, 느닷없이 얼굴에 뾰루지가 나는 것과 임신 중 염색을 하는 건 괜찮은지 질문을 적어 올리곤 했다. 카페 회원들은 친절하게 댓글을 남겨 주었다. 자기도 그런 증상이 있었으나 곧 가라앉았다. 혹시 심해지면 병원에 가도록 해라. 염색은 중기부터 해라. 글마다 물결 표시나 눈웃음 이모티콘이 붙었다. 먼저 임신 기간을 통과한 이름 모를 이들이 인생 선배처럼 느껴졌다. 이 시기를 무탈하게 지났다는 댓글들이 마음을 안정시켜 주기도 했다.

그러던 어느 날 '수다 게시판'에 들어갔다가 어떤 글의 제목을 보고 깜짝 놀랐다.

친정엄마가 지긋지긋해요.

비스듬히 누워 이 글 저 글 클릭하던 나는 벌떡 일어났다. 본문의 내용은 결혼 후에도 경제적으로, 심적으로 자신에게 지나치게 의지하는 엄마에 대한 부담과 그런 엄마를 이러지도 저러지도 못하는 자신의 처지에 대한 한탄과 고충이었다. '수다 게시판'엔 그날의 날씨, 연예인 가십, 드라마 내용 같은 말 그대로 잡다한 글들이 올라오곤 했는데, 가끔 어디에도 말할 수 없는 남편 혹은 시댁과의 갈등이나 친정과의 문제

같은 내용도 심심찮게 올라왔다. 자신에게 욕을 하는 엄마, 동생이나 오빠와 차별하는 엄마, 감당하기 힘든 생활비를 요구하는 엄마, 술이나 노름에 빠진 엄마……. 서른이 넘어서야 세상엔 자식들을 작정한 듯 버겁게 하는 부모도 있다는 걸 알았다. '엄마'라는 단어는 내게 미지의 세계였다. 내 머릿속에는 엄마가 서 있는 주방, 엄마와 나란히 걷는 시장, 엄마가 싸 준 도시락, 엄마와 함께 간 목욕탕, 엄마 곁에서 잠드는 낮잠 같은 실체 없는 환상만 가득했다.

초등학교 4학년쯤, 한 친구 집에 놀러 간 적이 있다. 두세 명도 아니고 다섯 명 정도의 아이들이 한꺼번에 집으로 들이닥쳤는데, 친구 엄마는 귀찮은 기색 하나 없이 기다렸던 손님을 맞이하듯 반갑게 우릴 향해 웃어 주었다. 줄 게 없어서 어쩌지 하면서도 그녀는 주전부리를 부지런히 식탁 위로 날랐다. 싹싹한 아이 몇몇은 음식이 너무 맛있다는 둥, 집이 너무 예쁘다는 둥 짐짓 어른스러운 말을 늘어놓기도 했다. 간식을 다 먹고 이제 무얼 할까 궁리하던 찰나에 친구 엄마는 우리에게 노래를 불러 주겠다고 했다. 노래요? 우리는 얼떨결에 피아노가 있는 방으로 들어

가게 되었다. 이런 일이 흔했는지 친구는 자연스럽게 피아노 앞에 앉아 악보도 없이 '바위섬'을 치기 시작했다. 피아노 옆에 선 친구 엄마는 반주에 맞춰 노래를 불렀다.

"파도가 부서지는 바위섬~ 인적 없던 이곳에~ 세상 사람들 하나둘~ 모여들더니……"

이 상황이 어색했던 것도 잠시, 우리는 금방 그녀의 목소리에 빠져들었다. 아마 속으로 모두 바위섬을 따라 불렀을 것이다.

"바위섬~ 너는 내가 미워도 나는 너를 너무 사랑해~ 다시 태어나지 못해도 너를 사랑해."

마치 오랜 시간 호흡을 맞춰 온 2인조 악단처럼 서로를 바라보는 두 사람 모습이 자연스러웠다. 무대를 너무나 기다려 온 무명 가수 같은 아주머니의 모습이 마치 시트콤 한 장면 같기도 했지만, 아이들은 웃음을 터뜨리는 대신 열렬히 박수를 쳤다. 그녀는 자신이 성악을 전공했다면서, 오랜만에 노래를 불러 목소리가 잘 안 나왔다며 못내 아쉬워했다.

집으로 돌아오는 길, 피아노를 치던 친구와 노래를 부르던 그녀의 엄마가 내내 마음에 남았다.

드라마나 광고에 비친 엄마들도 친구의 엄마 모

습과 비슷했다. TV 속엔 환한 얼굴로 카레가 담긴 냄비를 식탁에 내려놓는 엄마, 새벽같이 일어나 아이들 도시락을 싸는 엄마, 자식에게 손찌검하는 남편을 막아서며 자신이 방패가 되는 엄마, 자식 앞길을 막는 누군가에게 물벼락을 놓는 엄마들로 가득했다. 나는 TV로 '상냥하고 부드럽고 따뜻하고 온화하고 억척스럽고 희생적인' 엄마의 이미지를 학습했다.

엄마가 자식을 이용하고, 질투하고, 미워할 수도 있다는 걸, 아이러니하게도 내가 엄마가 되려 하는 시점에 알게 되었다. 맘카페에서만이 아닌, 책과 소셜미디어에 넘쳐나는 딸들의 이야기를 보며 엄마는 신의 또 다른 얼굴이 아닌, 그저 사람이라는 것을 알았다. 실수하고 번복하고 불같이 화를 내고 미련하고 한심한, 그저 평범한 인간이라는 것을. 아이를 낳고 키우는 내 모습을 보면서 다시금 깨달았다.

학교 수련회에서 촛불을 앞에 두고 떠올렸던 엄마의 모습이 제각기 달랐다는 것을 이제는 안다. 수련원 조교가 마이크에 대고 부모님을 향한 사랑과 존경을 강조하며 아이들 눈물을 쥐어짜는 그 시간, 모든 눈물이 반성과 후회와 고마움 때문은 아니었다는 걸. 어떤 아이 눈물은 버거움이었을 테고, 어떤 아이 눈물은 미움이거나 분노였을 것이다.

　'상냥하고 부드럽고 따뜻하고 온화하고 희생적인' 엄마에 대한 환상은 내가 엄마가 되면서 조금씩 희미해져 갔다. 그저 인간. 그저 사람. '엄마'의 이미지가 새롭게 다가왔다.

물이 가득한 이름

메르스로 온 나라가 들썩이던 2015년 여름. 산후조리원에서 퇴소 후 찬 바람을 조심하라는 조리원 원장님 말을 무시한 채 에어컨 앞을 서성거렸다. 그래도 혹시나 발목이나 무릎에 바람이 들까 싶어 수면 양말에 수면 바지를 입고 에어컨 앞에서 옷 앞섶을 펄럭이는 내 모습이 우스웠다. 더워도 너무 덥다. 혼자 중얼거리며 창밖을 내다보았다. 더위 때문인지 바이러스 때문인지 거리에 사람은 한 명도 보이지 않았다.

"동사무소에 사람 많더라."

걸어서 5분밖에 걸리지 않는 동사무소에 간 남편이 한 시간이 넘도록 돌아오지 않아 막 전화하려던 참이었다. 현관문을 열고 들어오는 남편 손에 들린 주민등록등본이 한눈에 들어왔다. 남편에게 다가가니 한

127   내 세상에 없던 단어를 맞이하며

여름의 열기가 그대로 느껴졌다. 남편이 건네는 주민 등록등본을 받아 들고 아이가 자는 방을 슬쩍 확인했다. 혹시 현관문 소리에 깼을까 싶어 열린 문틈으로 엿본 아이는 여전히 고요한 얼굴로 자고 있었다. 비밀 편지를 받은 사람처럼 조심스레 종이를 폈다.

푸른 무늬가 요란하게 새겨진 문서 위에 남편과 나, 아이의 이름이 나란했다. 결국 이 이름으로 새겨졌구나. 애 낳기 두 달 전부터 아이 이름을 짓기 위해 온 집안 식구가 머리를 싸맸다. 철학관에 돈까지 주고 받아 온 다섯 개의 후보 이름을 몇 번이고 불러 보고 의논하고 또 다투기도 하면서 고민을 거듭하다 등록 기간을 하루 남긴 마지막 날이 되어서야 가까스로 출생신고를 마쳤다.

나는 어려서 내 이름에 왜 물 수(水)자를 썼는지 도무지 이해되지 않았다. 빼어날 수, 순수할 수, 지킬 수같이 뜻이 좋은 한자가 많은데 왜 하필 물 수 자를 썼을까. 스무 살이 넘어 사주를 보러 갔다가 '자기 사주에 물이 부족해. 그래서 이름에 물을 넣었나 보다' 하는 말을 들었다. 사주 상담가는 나보다 더 궁금했던 사람처럼, 종이에 '수' 자를 여러 번 쓰더니 모든 의문이 해소되었다는 듯 흡족하게 볼펜 끝으로 내 이름을 톡톡 두드렸다. 그때 내 머리 위로 빗방울이 떨어지는 것 같았다. 미처 몰랐던 사랑이 무더운 여름날의 비처럼 머리 위로 쏟아지는 기분이었다.

종이에 적힌 내 이름을 바라보며 이제 막 첫아이를 품에 안은 엄마와 아빠를 떠올렸다. 나의 삶이 평온하길 바라는 마음으로 며칠을 고심하다 철학관에서 좋다는 이름을 받아 왔을 그들을. 그들이 남기고 간 사랑을 꼭 이렇게 한 박자씩 늦게 알아차리곤 한다.

고등학교 때 세대주가 고모부 이름으로 되어 있는 등본에 내 이름은 동거인으로 되어 있었다. 고모부의 직계 가족이 아니어서였겠지만, '동거인'이라는 세 글자가 나를 매몰차게 집 밖으로 쫓아내는 것 같았다. 누구의 잘못도 아니었으니 원망할 사람도 없었다. 속상한 마음에 저녁도 먹지 않고 침대에 엎드려 있었다. 그때의 내가 '동거인'으로 적힌 내 이름에 엄마 아빠의 사랑이 넘치게 찰랑이고 있다는 걸 알았더라면 좀 덜 속상했을까.

인생이 메마른 사막 같을 때 이름에 새겨진 물을, 커다란 강과 호수와 바다를 떠올렸다. 그러면 불안과 걱정이 파도에 휩쓸려 사라지는 것 같았다. 조금 우습지만 나는 이것을 내 부모가 심어 놓은 사랑의 힘이라고 믿기로 했다. 비록 두 사람은 내 이름을 오래오래 불러 보지 못했지만, 많은 이들이 내 삶에 단비를 뿌려 주고 있다. 수현아. 수현아. 내 이름을 불러 줌으로써.

등본에는 내 이름 아래 아이 이름이 적혀 있었다. 한글을 처음 배운 사람처럼 그 이름을 천천히 발음해 보았다. 원⋯⋯ 상. 유, 원, 상. 이제 막 세상에 나타난 낯설고도 생생한 이름. 이상하게도 그 이름의 주인이 나인 것만 같았다. 앞으로 내가 수없이 부르게 될 이름. 그 누구의 이름보다 더 많이, 온 마음을 다해 부를 이름. 나는 오래전 엄마와 아빠의 마음이 되어 보았다. 오늘 막 세상에 자신의 존재를 알린 아이의 깨끗한 얼굴을 들여다보면서.

담장 너머의 언어

첫아이 모유 수유를 끝내는 날, 그걸 기념하기로 하고 남편과 마주 앉았다. 각자 손에 든 캔맥주를 과장되게 부딪치며 입으로 짠- 하고 외쳤다. 안주라곤 저녁 먹고 남은 반찬뿐이었지만, 기분만큼은 꼭 특별한 기념일 같았다. 맥주 한 캔에 괜히 들떠 달력에 모유 수유 종료일이라고 남겨 둬야 하는 거 아니냐며 너스레를 떨었다. 거의 2년 만에 마시는 맥주는 꿀처럼 달았다.

"하. 살 것 같다"

이제 겨우 숨통이 트인다는 듯 길게 한숨을 내뱉자 앞에 앉은 남편이 수고 많았다고 토닥여 주었다. 수고를 이야기하기엔 아이는 이제 겨우 10개월째에 접어들고 있었지만, 일단 수유가 끝났다는 데 후련함

내 세상에 없던 단어를 맞이하며

이 밀려왔다.

"맞아. 나 진짜 수고 많았지."

캔을 흔들자 남은 맥주가 무겁게 찰랑거렸다. 앞으로 수고해야 할 날들을 위해 다시 짠- 하고 캔을 부딪쳤다. 캔을 든 손목에 파스를 떼고 난 자국이 지저분하게 남아 있었다. 그 자국을 보며 지난 열 달의 시간과 앞으로 무수히 남은 육아의 시간을 헤아려 보았다.

'엄마란 대체 어떤 사람일까.' 나는 자는 아이를 품에 안고 소파에 앉아 머리에 기댄 채 골몰했다. 아이에게 어떤 사람이 되어야 할까. 어렸을 적 '엄마'라는 단어는 내 삶 속에 불쑥불쑥 머리를 내밀었다. 나는 가져 본 적 없는 단어를 다른 아이들은 수시로 입에 올렸다. 슬퍼도, 기뻐도, 놀라도 늘 '엄마'를 외쳤다. 성인이 된 후 조금 멀어졌다고 생각한 그 단어는 아이를 낳은 후 '친정엄마'라는 이름을 달고 다시 나타났다. 엄마가 된 이들이 힘들고 지치고 울고 싶을 때마다 '친정엄마'를 찾았다.

아이를 낳기 전까지 엄마라는 단어는 내게 담장 너머의 언어였다. 다른 사람들이 그토록 자주 쓰는 엄마라는 단어를 나는 깜짝 놀랄 때조차 외쳐 본 적이 없었다. 엄마와 가장 먼 거리를 유지하며 살아온 내 삶에 친정엄마가 없어 마음에 냉기가 도는 순간들이 생겨났다. 엄마의 부재와 친정엄마의 부재는 또 이렇게 다르구나. 아이를 안고 먹이고 재우는 동안 곱씹었다.

친정엄마에게 아이를 맡기고 곯아떨어졌다가 일어나 보니 거실은 깨끗하게 정돈되어 있고 식탁 위엔 자기가 좋아하는 반찬들이 가득했다던 친구의 말을 떠올리며, 그런 마법 같은 일은 평생 일어날 일이 없는 나는 바닥에 뒹구는 아이 내복을 집어 들며 한숨 쉬었다. 입덧으로 고생하던 친구가 다른 건 못 먹어도 엄마가 해 준 콩국수는 들어가더라며 웃었을 때도 '엄마 밥' 같은 건 아예 기억에 없던 난 그저 고개를 끄덕이며 함께 웃기만 했다.

몸이 아파도 잠깐 아이를 맡아 줄 사람이 없어 남편이 쉬는 토요일만 기다리던 어느 날, 잠깐 친정엄마에게 아이를 맡기고 자유 시간을 갖는다는 친구의 인스타그램 피드에 옅은 한숨이 나왔다. 나와 같은 사람들이 많다는 걸 알면서도 이 세상에 친정엄마 없는 사람은 나뿐인 것 같아 마음이 바닥을 찍었다. 부러움, 질투, 그리움, 원망 같은 감정이 한데 뒤섞여 폭

포처럼 쏟아졌다.

　엄마와 가장 먼 거리를 유지하며 살아온 나에게 아이는 엄마라는 단어를 가장 처음 선사했다. 나의 수고를 다 안다는 듯이. 밤낮으로 자신의 귓가에 노래를 흘려 준 이가 나라는 것을 다 아는 것처럼. 살면서 많이 불러 보지 못한 엄마라는 단어를 나는 앞으로 평생 들으며 살아가겠지. 두 음절에 실린 세상에서 가장 작은 숨결에 내 안의 높다란 담장이 와르르 무너져 내렸다.

　맥주를 마신 그날 새벽에도 잠투정을 부리는 아이를 안고 거실을 배회했다. 아무리 많은 걸음을 걸어도 아침은 쉬이 오지 않았다. '음마…… 음…… 마……' 아이가 졸린 눈을 내 어깨에 비벼 대며 웅얼거렸다. 응. 아가, 엄마야. 고요한 거실 속에 우리 둘의 언어가 스며들었다. 창밖은 조금씩 새벽빛으로 물들고 있었다. 지금까지 내 세상에 없던 단어가 새벽 기운처럼 조금씩 다가오고 있었다.

당신이 기억하는 얼굴

"엄마, 엄마는 내가 다른 모습으로 변신하면 어떻게 나를 찾을 거야?"

늦은 저녁, 책상 앞에 앉아 무언가를 끄적이던 큰 애가 나를 돌아보며 물었다.

"엄마는 원상이를 척! 하고 알아보지."

산처럼 쌓인 세탁물을 개는 데 정신이 팔려 대충 대꾸했다.

"아니~ 다른 사람으로 변했는데 어떻게 딱 알아보냐고."

아이는 영 미덥지 않았는지 다시 대답을 요구했다. 나는 그제야 세탁물을 개던 손을 멈추고 아이 얼굴을 자세히 살폈다. 저 얼굴이 다른 사람으로 바뀐다면…….

내 세상에 없던 단어를 맞이하며

"음, 엄마는 원상이를 알아보는 방법이 있지."

사실 그런 방법 따윈 없다. 엄마라 한들 다른 모습으로 변한 아이를 무슨 수로 찾을 수 있을까. '네가 다른 사람으로 바뀔 확률은 0%에 가까우니 딴생각하지 말고 숙제 좀 하지 않겠니' 하는 말이 혀끝까지 나왔지만, 침을 꿀꺽 삼키며 입을 다물었다.

아이들 질문 중 대부분은 '만약에'라는 조건이 붙었다. 만약에 공룡이 다시 살아난다면, 만약에 좀비가 찾아온다면, 만약에 내가 다른 곤충으로 변신한다면……. 일어날 가능성 없는 일을 하나하나 상상하고 아이를 만족시킬 답을 찾는 것도 귀찮고, 그것 말고도 생각할 것도, 할 일도 많은 어른인지라 매번 '엄마는 그냥 다 알아' 하는 성의 없는 답으로 아이의 반박을 회피했다.

"치. 엄마는 내가 바뀌면 찾지도 못하겠네"

아이는 휙 고개를 돌려 버렸다. 다시 세탁물에 손을 뻗는 순간 번뜩 아이 옆구리에 있는 붉은 점이 떠올랐다.

"원상아! 점! 너 붉은 점으로 찾을 수 있어!"

나는 대단한 해결책을 찾은 사람처럼 소리쳤다. 아이는 시큰둥한 얼굴로 돌아봤다. '또 그 점 이야기야?' 하는 얼굴로.

아이는 오른쪽 옆구리에 붉은 점을 가지고 태어났다. 점을 처음 발견한 사람은 남편이었다. 남편은 조리원에서 출퇴근했는데, 신생아실에 있던 아이가 방으로 오면 종일 주인을 기다린 반려견처럼 아이를 반겼다. 잠들어 있던 아이가 울컥하고 토를 하거나 기저귀가 묵직해지면 우린 서툰 손길로 속싸개와 기저귀를 갈아 주었다. 그러던 어느 날, 남편은 발가벗은 아이 몸을 이리저리 살펴보다가 뭔가 엄청난 걸 발견한 사람처럼 야단을 부렸다.

"여보, 원상이 오른쪽 옆구리에 붉은 점 있는 거 알고 있어?"

"아, 그래?"

나는 침대에 모로 누워 TV를 보며 건성으로 대답했다. 사실 남편이 아이 몸에 대해 말해 주는 건 그때가 처음이 아니었다.

"원상이는 둘째 발가락이 엄지발가락보다 더 기네."

"어? 웃을 때 보조개 들어간다. 오른쪽에만."

남편이 하는 말들을 무심히 흘려들었다. 그게 뭐

대단한 정보라고. 둘째 발가락이 긴 게 우리 애만 그런 게 아닐 텐데. 보조개는 있다가 없다가 하는걸. 가끔은 '엄마인 내가 그걸 모를까 봐?' 대꾸하고 싶었지만, 그저 '그렇구나' 하고 말았다.

남편은 아버지의 사고 후 약간의 불안장애를 가지게 되었는데, 그 증상은 첫아이를 낳고 조금 심해졌다. 혹시나 아이가 바뀌는 건 아닐까, 아이가 사라져 버리면 어쩌지 하는 불안. 만에 하나라도 그런 일이 생긴다면 남편은 우리만 알고 있는 아이의 신체적 특징부터 꼽아 볼 것이다.

남편의 불안이 말도 안 된다고 생각했지만, 나 역시 가끔 조리원 방에 누워 상상해 보곤 했다. 영화 〈그렇게 아버지가 된다〉에서처럼 아이가 바뀐다면 어떻게 해야 할까. 6년 동안 친자식으로 알고 키운 아이를 보낼 수 있을까? 누군가 나쁜 마음을 먹고 아이를 데리고 사라진다면, 나는 어떻게 아이를 찾을 수 있을까. 삽시간에 머릿속에 전단지를 들고 선 내가 그려졌다. 상상 속 종이엔 남편이 했던 말들이 쓰여 있었다. 붉은 점, 긴 둘째 발가락, 오른쪽 보조개.

초등학교 시절, 학교 담벼락엔 실종 아동을 찾는

포스터가 붙어 있었다. 가끔 친구들과 그 앞에 나란히 서서 포스터 속 얼굴을 한 명, 한 명 꼼꼼히 살폈다. 그러다 누구 한 명을 가리키며 얘는 꼭 몇 반 누구랑 닮았다고, 얘는 어디 슈퍼 앞에서 본 것 같다며 이야기를 나눴다. 포스터 속 얼굴들은 아이들 말처럼 누군가를 닮은 것 같기도, 언뜻 스쳐 간 누구 같기도 했다. 우리는 얼굴 아래에 적힌 인상착의와 특이 사항을 읽었다. 어디서, 어떤 경위로 실종되었는지, 아이 몸에 어떤 특징이 있는지 적혀 있었다. 새끼발가락에 난 사마귀, 오른팔 안쪽의 큰 점, 왼쪽 눈썹 옆 긴 흉터…….

"나는 콧구멍이 약간 짝짝이인데."

옆에 있던 아이가 턱을 치켜들어 자신의 콧구멍을 보여 주었다. 아무리 봐도 작은 콧구멍의 크기는 비슷해 보였지만, '그러네' 하며 동조해 주었다.

"나는 손가락이 이렇게 돼."

다른 아이는 자신의 손가락을 들어 보였다. 가운뎃손가락이 희한하게 구부러져 있었다.

"나는 여기 흉터."

나 역시 질세라 미간을 가리켰다. 점을 빼고 난 뒤 생긴 흉터였다. 아이들 시선이 내 눈썹과 눈썹 사이에 집중되었다. 잘 보이지 않는지, 친구가 '어디?' 하고 되물었다. 점이 있을 땐 그렇게 잘 보이더니 빼고 난 흉터는 말을 해야 겨우 알아볼 정도로 티가 안 났다. 아이들은 한참 내 미간을 바라본 후에야 고개를 끄덕였다. 있네, 있어.

흉터가 자신을 증명하는 무언가라도 되는 듯, 아이들은 앞다퉈 몸에 남은 상처 자국을 드러내 보이며 안심했다. 보잘것없는 특징과 감추고 싶던 신체적 결점이 혹 내가 실종됐을 때 가족들이 단번에 찾을 수 있는 결정적 단서가 되어 줄 것 같았다.

친구들과 헤어지고 홀로 집으로 돌아오는 길. 나는 미간 사이의 흉을 더듬어 보았다. 순간 '아. 빼지 말걸' 하는 후회가 밀려왔다.

엄마와 헤어질 때만 해도 내 미간엔 눈에 띌 정도의 도톰한 점이 있었다. 할머니 집으로 온 뒤 얼마 되지 않아, 아무리 봐도 '흉점'이라고 생각한 고모는 나를 미용실로 데리고 가서 점을 빼 주었다. 제대로 된 마취도 없이 불법 시술로 점을 뺀 터라 무척 아팠지만, 눈물을 꾹 참았다. 울지 않고 잘 참았다고 원장님이 용돈 천 원까지 쥐여 줬다. 시간이 지나 점이 있던 자리엔 살짝 파인 흉터가 남았다.

엄마가 점을 뺀 나를 알아볼 수 있을까. 엄마가 내 몸에 대해 확실하게 알고 있는 특징은 '점'뿐이었는데. 계단에 발을 헛디며 생긴 정강이의 상처도, 친구와 싸워 볼 옆에 자리 잡은 희미한 흉터도, 전부 엄마와 헤어지고 난 뒤에 생긴 것들이었다. 엄마와 헤어질 때 입었던 원피스는 진즉에 맞지 않았다. 엄마는 나에 대해 어떤 것을 기억하고 있을까. 나는 가던 길을 멈춰 서서 팔을 비틀며 안쪽과 바깥쪽을 샅샅이 살펴보았지만, 이렇다 할 특징 같은 건 없었다. 점 하나가 빠졌을 뿐인데 내 얼굴이 갑자기 다른 사람으로 변한 것 같았다. 오래전 엄마가 알던 나는 사라져 버린 기분이 들었다.

다시 발걸음을 옮기며 친구들과 함께 본 포스터 귀퉁이에 내 사진이 들어간 모습을 상상했다. 난 실종된 것이 아니었기에 그런 일이 있을 리 만무했지만, 그래도 혹시 먼 훗날 엄마가 다시 날 찾게 된다면 특이 사항에 이런 걸 적게 되지 않을까.

'눈썹과 눈썹 사이에 큰 점이 있음.'

길에서 미간에 점을 가진 아이를 만난다면, 엄마는 그 아이를 빤히 바라볼지도 모르겠다. 정작 점이 사라진 나는 그저 지나쳐 버릴 테지만.

내 세상에 없던 단어를 맞이하며

내 아이가 변신하면 알아볼 뾰족한 수는 없지만, 나는 남들 눈에는 잘 띄지 않는 아이의 특징을 기억하며 평생을 살아갈 것이다.

엄마는 나의 점을 보면서 어떤 얼굴을 했던가. 점이 빠지던 날 엄마의 얼굴도 함께 사라져 버린 것 같다. 대신 아이 눈 속에 비친 내 얼굴을 바라본다. 아이 눈썹에 생긴 상처에 시선이 고정된 내 얼굴. 그런 나를 빤히 바라보던 아이가 싱긋 웃는다. 엄마, 여기가 쏙 들어갔네? 내 미간에 아이의 작은 손가락이 콕 찍혔다.

사랑의 출처

어렸을 때부터 남들 웃기는 일을 밥 먹듯이 했던 나는 직장인이 되어서도 마찬가지였다. 어느 날 퇴근 후 간단히 술 한잔하는 자리에서 모처럼 붉은 원숭이가 되어 사람들을 웃기고 있었다. 한바탕 웃음이 지나가고 맥주로 목을 축인 회사 동료가 입을 닦으며 말했다.

"대리님은 참 밝아 보여요. 부모님한테 사랑 많이 받고 자랐을 것 같아요."

순간 뭐라고 대답해야 할지 몰라 잔을 든 채 정지 화면처럼 눈만 깜빡거렸다. 곁에 있던 사람들이 같은 생각이라는 듯 고개를 끄덕였다. '실은 저 부모님 안 계세요' 이렇게 말했다면 분위기는 어떻게 바뀌었을까. 내 쾌활함의 원천이 부모의 사랑이라고 여기는 사람들을 놀려 주고 싶다는 생각이 잠깐 스쳤지만 "아, 그래 보여요? 음, 그런가? 하하하" 하며 웃고 말았다. '사랑받고 자란'이라는 말 속엔 '좋은 부모 밑에서'라는 조건이 깔려 있었다. 그래서 나는 내가 아무리 밝고 재치 있고 웃음이 많아도 '사랑받고 자란'이라는 조건에는 충족되지 않는다고 지레 손사래 쳤다. '좋은 부모'는 고사하고 아예 부모가 없는 나는 가질 수 없는 말이라면서.

아이를 낳고, 내가 이루지 못한 꿈을 자식을 통해 이루려는 사람처럼 아이에게 오로지 사랑만을 주겠노라 다짐했다. '사랑받고 자란'이라는 말에 딱 어울리는 사람으로. 어딜 가서든 사랑받고 자란 티가 날 수 있도록. 하지만 실제로 육아를 하면서 내 다짐은 번번이 무너졌다. 애가 밥을 안 먹어서, 잠을 안 자서, 씻지 않겠다고 버텨서, 나가야 하는데 집에 있겠다고, 반대로 집에 갈 시간이 되었는데 안 가겠다고 고집을 부려서, 아이가 내 맘처럼 굴지 않아서 상냥함과 따뜻함이라는 단어와 점점 멀어졌다.

밥을 안 먹고 자꾸만 돌아다니는 아이 뒤꽁무니를 숟가락을 들고 따라다니던 어느 날, 별안간 화가

치솟았다. 또래보다 성장이 느려 한 숟가락이라도 더 먹여 보고자 안달복달하는 내 모습은 어느 육아서에서 본 밥상머리 교육과 딱 반대되는 행동이었다. 아이의 신체 성장과 올바른 교육 사이에서 이러지도 저러지도 못하는 내가 순간 한심하게 느껴졌다.

"먹기 싫으면 먹지 마!"

개수대에 숟가락을 던져 놓고 어깨가 들썩일 정도로 거칠게 숨을 몰아쉬었다. 숟가락이 던져지는 소리에 아이가 깜짝 놀라 나를 바라봤다. 미동도 없이 그 자리에 서 있자, 아이는 팔을 벌리며 안아 달라고 보챘다.

"너 안아 주기 싫어. 저리 가?"

나보다 연약한 존재에게 심술부리고 싶은 마음이 불쑥 고개를 들었다. 골이 난 마음에 아이를 밀어 내고 무릎에 얼굴을 묻으며 주저앉았다. 저만치 밀려났던 아이는 울지도 않고 다시 다가와 내 머리에 손을 올렸다.

"엄마, 미안해."

막 말이 트인 아이는 어눌한 말로 사과했다. 아이 목소리에 고개를 들자, 작은 손이 내 뺨을 서투르게 훑었다. 나는 기어코 아이에게 미안하다는 말을 받아

내 세상에 없던 단어를 맞이하며

내는 엄마였고, 이런 나의 마음을 너그럽게 받아 주는 아이가 눈앞에 있었다.

"울지 마. 엄마. 울지 마."

아이 눈엔 우는 것처럼 보였던 걸까. 아무것도 흐르지 않는 볼을 연신 닦아 대는 아이의 작은 손에 오히려 눈물이 날 것 같았다.

또래를 키우는 '육아 동지들'에게 그날 있었던 일을 털어놓았다. 내가 아이를 품는 게 아니라, 아이가 날 품고 있는 것 같다고. 나는 자격 미달인 엄마라고. 아이 성격을 엄마가 망쳐 놓으면 어떡하느냐고 나는 한참 한탄을 이어 갔다. 그때 내 말을 가만히 듣던 애셋 육아 선배가 말했다.

"나도 걸핏하면 애한테 화내. 화내고 돌아서면 미안하고. 근데 또 생각해 보면 우리도 다 그렇게 자랐잖아. 아이가 살아가면서 엄마만 만나는 것도 아니고. 너무 애쓰지 마."

누군가 옆에서 큰 소리로 손뼉을 친 것처럼 번뜩 정신이 들었다.

아이가 살아가면서 엄마만 만나는 것도 아니고.

그 말을 멍하니 되새겼다.

성인이 되기까지 맺은 수많은 사람과의 인연이 떠올랐다. 타인들이 내게 준 사랑과 용기, 상처와 치유, 미움과 질투, 멸시와 응원…… 나는 때로 따뜻하고 때로 차갑던 만남과 헤어짐을 거쳐 지금의 내가 되었다. 하지만 한 사람의 특성을 오로지 가족, 특히 부모와 연결하는 사람들은 여전히 있었다. 예의가 바른 걸 보니 부모에게 교육을 잘 받았나 봐. 부모 사랑 많이 받은 외동딸이라 곱게 자랐구나. 부모가 없어서 소심한가. 그런 말들을 쏟아 내는 사람들에게 내가 받은 사랑의 출처를 보여 주고 싶다.

나를 보살펴 준 사람이 할머니와 고모가 아닌 엄마와 아빠였다면, 나는 더 나은 사람이 되었을까. 너그럽고, 인내심 많고, 쉽게 화내지 않는 단단한 사람이 되었을까. 아이는 부모의 사랑으로만 크지 않는다. 내게 할머니와 고모, 고모부는 부모를 대신한 사람들이 아니라 그 자체로 온전한 존재였다. 그들은 '딸처럼'이라는 말을 달고 부모의 사랑을 흉내 내지 않았다. 그저 손녀에게, 조카에게 줄 수 있는 사랑을 주었다. 나는 그들이 준 사랑을 고스란히 받았다. 내가 받은 사랑의 빛은 부모가 주는 빛과는 다를 수 있지만, 그 자체로 찬란히 빛났다. 그러니 예전 직장 동료가 "사랑 많이 받고 자란 것 같아요"라고 했던 말은 틀리지 않았다.

오로지 울음과 웃음으로 자신의 감정을 표현하던 아이는 유치원을 다니기 시작하면서 자유 놀이 시간에 접거나 자른 종이를 선물이라며 가져왔다. 종이는 대게 하트 모양이었다. 미숙한 손길로 완성한 사랑의 모양. 한쪽이 기울고, 찌그러지고, 잘려 나간 엉성한 사랑들. 초록과 파랑, 핑크와 빨강으로 매일같이 바뀌는 다채로운 사랑이 내 손에 놓였다. 항상 다른 색의 하트를 가져오면서 그중에 검정은 없다는 것에 웃음이 났다. 나는 그것을 공손하게 받으며 말했다. 너의 사랑을 받게 되어 너무 기쁘다고. 엄마는 정말 행복한 사람이라고. 때로 "나한테 이걸 왜 줘?" 하고 시치미 떼며 물으면, 아이는 "엄마를 사랑하니까" 하고 한결같이 대답했다. 일말의 머뭇거림도 없는, 앞만 보고 돌진하는 사랑 고백에 나는 그 즉시 세상에서 가장 행복한 사람이 되곤 했다. 아, 엄마가 된다는 것은 매일 여러 색의 하트를 손에 얻는 일이구나. 손에 들린 작은 하트 종이에 쪽- 하고 입을 맞췄다. 내 안에 아이가 준 새로운 사랑이 충만하게 흘렀다. 나는 여전히 '사랑 많이 받고 자란 사람'으로 살아가고 있다.

내 세상에 없던 단어를 맞이하며

내 몸에 별을 그리며

아이들 방학이 끝나던 날, 미뤄 왔던 뿌리 염색을 하고 왔다. 첫째가 내 머리를 보고 '할머니 같다'며 눈살을 찌푸릴 정도로 새치가 엄청나게 자라 있었다. 분명 염색한 지 얼마 되지 않은 것 같은데, 머리카락은 아이들 손톱처럼 뒤돌면 어느새 불쑥 자라 있다. 멀리서 보면 눈을 맞은 사람처럼 보이기도 했다. 삼십 대라는 나이에 걸맞지 않게 검은 머리보다 흰머리가 더 많아서 새치라고 하기도 민망했다.

새치를 처음 발견했던 때는 중학교 2학년 무렵이었다. 쉬는 시간, 신나게 재잘거리는 나를 빤히 바라보던 친구가 "야. 잠깐만" 하더니 내 머리에서 새하얀 머리카락을 톡 뽑아냈다. '무슨 스트레스받는 일

있냐'며 친구가 건네준 머리카락을 마치 처음 보는 생물처럼 신기하게 바라보았다. 열다섯 살에 흰머리라니. 평생 징글징글하게 보게 될 줄 알았더라면 책상 한편에 두고 수업시간 내내 흘깃거리는 일은 없었을 텐데.

그날 이후 친구들은 쉬는 시간마다 새치를 뽑아주곤 했다. 무슨 흰머리가 이렇게 많냐고 물으면 그냥 유전이라고 대꾸했다. 진짜 유전인지는 알 수 없었다. 그저 "수현아, 고모 흰머리 좀 봐라" 하며 정수리를 들이미는 고모들 모습에서 내 이른 새치도 유전이겠거니 짐작할 뿐이었다. 초등학교 2학년 무렵에 눈이 나빠 처음 안경을 썼을 때 할머니는 누굴 닮아눈이 저러냐고 핀잔을 줬다. 고모나 삼촌, 그 누구도 안경을 끼지 않았다. "낸들 알아? 엄마 아빠가 있어야 누굴 닮았는지 알지!" 부모의 부재가 할머니 탓도 아닌데 괜히 할머니에게 성을 냈다.

하루는 학교에 친구 엄마가 찾아왔다. 모르는 손님이 찾아오는 게 무슨 큰 이벤트라도 되는 것처럼 아이들은 목을 빼고 복도를 기웃거렸다. 넉살 좋은 애들 몇은 복도로 나가서 꾸벅 인사를 하기도 했다.

우리는 엄청난 발견을 한 것처럼 요란을 떨었다.

"봤어? 봤어? 지희, 엄마랑 똑같이 생겼지! 눈이 랑 코랑 완전 똑같아."

"그지? 나도 그 생각했어. 나 완전 지희 미래 보는 줄."

우리는 친구와 친구 엄마 얼굴을 비교하며 놀라워 했다. 그렇게 닮을 수가 있나. 정말로 미래의 친구가 우리 앞에 나타난 것 같았다. 나중에 우리 이야기를 들은 친구는 기겁했다.

"야! 뭐래~ 아니야! 나 아빠 닮았거든? 우리 아빠 짱 잘생겼어."

친구 반응에 우린 또 깔깔거리며 웃었다. 화제는 자연스럽게 '나는 누굴 닮았는가'로 이어졌다. 친가 쪽은 전부 진한 쌍꺼풀이 있는데 외탁을 해서 속상하 다는 친구부터 코를 중심으로 위는 아빠, 아래는 엄 마를 닮았다는 친구, 얼굴은 아빠를 꼭 닮았지만 체 형은 엄마를 닮아 다행이라는 친구까지…… 아이들 은 자기 몸에 대해 확신을 갖고 있는 것 같았다. 어떤 연유로 지금 모습을 하고 있는지, 미래엔 어떤 얼굴 을 하고 있을지 어렵지 않게 유추할 수 있었다. 그 생 생한 증언의 현장에서 나는 미스터리한 인물이었다.

부모의 나이 든 얼굴에 자신의 얼굴을 겹쳐 보며 미래의 나를 만나 보는 일 같은 건 내게 없었다. 술을 한 모금만 마셔도 금방 벌게지는 체질은 누굴 닮았는지, 나를 이룬 몸과 성격은 엄마, 아빠 중 어느 쪽에서 온 것인지 궁금한 것이 많았지만 알 수 없었다. 내 몸이 정답지를 잃어버린 문제집 같았다.

건강검진을 받는 날엔 문진표를 작성하다 멈칫하는 순간이 있었다.

'부모, 형제, 자매 중에 다음 질환을 앓았거나 해당 질환으로 사망한 경우가 있습니까?'

위암, 유방암, 대장암, 간암, 자궁경부암…… 보기만 해도 뒷골이 서늘해지는 병명들 앞에서 나는 '예'와 '아니오'를 지나 '모름'에 동그라미를 쳤다. 엄마는 암에 걸린 적이 있었을까. 아빠가 지금까지 살아 있었다면 어떤 병을 갖게 되었을까. 다현은 건강히 잘 지내고 있을까. 찰나의 순간, 얇은 종이 한 장을 앞에 두고 이런 상념에 빠졌다. 세상은 내게 묻고 있는 것 같았다. 너의 몸은 어디서 온 것이냐고. 대답할 수 없는 질문 앞에서 머뭇거리는 나를 재촉하듯 얇은 종이가 팔랑거렸다.

내 세상에 없던 단어를 맞이하며

임신 28주 차가 되었을 무렵 정밀 초음파를 보았다. 의사가 '여기가 머리고, 이쪽이 배입니다'라고 알려 주어야만 그 형태를 짐작할 수 있었던 회색빛 초음파 사진에 비해, 눈, 코, 입을 분명하게 알 수 있는 분홍빛의 입체 사진은 신비로웠다. 과장을 조금 보태 태어난 아기를 스치듯 찍으면 이런 사진이 나오지 않을까 싶을 정도로 디테일했다. 사람 몸 안을 이렇게나 정밀하게 촬영할 수 있다니. 정말 내 배 속에 아기가 있다니. 집으로 돌아오는 길, 차 안에서 한참 사진을 들여다봤다. 왠지 아이가 나를 좀 닮은 것 같았다. 납작한 코, 얇은 입술 같은 것들이. 초음파를 보며 의사가 "이게 다 머리카락이에요"라면서 가리키던 풍성한 머리숱도. 나는 아이의 원인이자, 증거이고, 미래가 되었다. 어쩌면 이 초음파 사진 속 모습이 나의 오래전 모습은 아니었을까. 미래 대신 과거를 그려 보았다.

출산 후 회복 중이던 병실로 아이가 조그마한 침대에 실려 들어왔다. 목욕을 마친 아이는 갓 태어났을 때보다 더 맑고 예뻐 보였다. 침대에 누워 세상모르고 잠든 아이를 보며 내가 아기를 낳은 게 전생이

아니라 불과 몇 시간 전이구나, 새삼 놀라워했다. 진
통 후 아이가 내 몸 밖으로 나오던 순간이 꿈처럼 아
득했다. 너무 긴 고통의 시간이었고, 영원할까 봐 두
려웠다. 진저리를 치며 다시 침대에 몸을 기대려는
데, 남편이 잠든 아이 얼굴을 빤히 바라보다 입을 열
었다.

"코는 진짜 자기 닮은 것 같은데?"

남편과 나는 한참 동안 아이 얼굴을 들여다보았
다. "입매는 누굴 닮은 거지? 눈뜬 모습도 빨리 보고
싶다. 조금 더 크면 자기 얼굴을 더 많이 닮을 것 같
아. 원래 신생아 얼굴은 매일매일 바뀐대." 태어난 지
만 하루도 되지 않는 아이 얼굴을 보며 우리는 우리
의 어렸을 적 얼굴과 아이 미래의 얼굴을 그려 보았
다. 그러다 문득 생각했다. 아, 나에게도 이런 날이 있
었겠지.

내가 태어난 밤, 엄마 아빠는 잠든 나를 보며 지금
까지 내가 듣지 못한 이야기를 나눴을 것이다. 새까
만 머리카락을 조심스레 쓰다듬으며 '숱 많은 게 당
신을 닮았네' '코는 영락없이 자기를 닮았다' 하는, 숨
소리마저 다정했을 대화. 이제 막 태어난 아기의 이
마와 눈, 코, 입을 질리지도 않고 바라봤을 젊은 두 얼

굴. 나는 아이를 낳은 첫날 밤, 처음으로 엄마를 마주한 것 같은 기분이 들었다. 아이가 나의 과거를 계속해서 보여 주었다. 중학교 교실에서 내가 무척이나 궁금해했던 것들을.

내게 머물렀을 그 시간을 떠올리면 답을 찾을 수 없었던 문제들에 별을 표시해 두는 기분이다. 정답도 오답도 아닌, 특별한 답을 찾은 것 같은 마음이다.

염색을 마치고 거울 앞에 선 모습이 이제야 제 나이 같아 보였다.

"엄마, 염색했지?"

눈썰미 좋은 첫째가 먼저 아는 체를 했다. 어떻게 알았냐고 놀라는 척 물어보니, 자긴 다 알 수 있다며 으스댄다. 나를 닮아 머리숱이 많은 아이. 동그란 내 코를 닮은 아이. 나의 과거를 슬쩍 흐릿하게 보여 주는 아이. 아이의 까만 머리에 때 이른 흰머리가 보이는 날, "봐, 너 엄마 닮았지!" 하며 나란히 거울을 바라볼 우리는 또 어떤 얼굴을 하고 있을까.

누구의 무엇도 아닌

"엄마. 저게 무슨 말이야?"

오랜만에 외식을 하던 중이었다. 열심히 불판에 고기를 뒤집고 있는데 아이가 나를 툭툭 치며 물었다. 아이가 가리킨 손끝을 따라가자, 점원 티셔츠 등에 적힌 글귀가 들어왔다.

'남의 집 귀한 딸'

이걸 어떻게 설명해야 하나. 진상 손님의 갑질과 고객과 점원의 미묘한 상하 관계 등등에 대해. 고기를 한 번 더 뒤집고는 입을 열었다.

"음, 가게에서 점원한테 무례하게 대하는 사람들이 있거든. 그런 사람들한테 그러지 말라고 써 놓은 거야."

"그러지 말라고 왜 저런 글을 써?"

내 세상에 없던 단어를 맞이하며

'남의 집 귀한 딸'의 의미를 단박에 이해하기에 아이가 어린 것인지, 아니면 내 설명이 부족했던 건지 질문이 다시 돌아왔다.

"여기서는 점원이지만, 집에서는 소중한 사람이니까, 일하는 사람을 소중하게 대해 주세요, 뭐 그런 거지."

"근데 딸은 왜 쓴 거야?"

"봐. 일하고 계신 분이 여자잖아? 여자는 딸이니까, 딸이라고 쓴 거겠지?"

"그럼 남자들은 아들이라고 적혔어?"

"그렇지. 남의 집 귀한 아들."

"그럼 할머니들은?"

"할머니 티셔츠도 있을걸?"

"그럼 아빠는?"

"아빠도! 남의 집 귀한 아빠! 자, 빨리 먹어. 고기 식어."

"그럼 아무것도 아닌 사람은?"

낄낄거리며 계속되는 아이 말장난에 살짝 짜증이 일다가 마지막 질문에서 멈칫했다. 정말로 아무것도 아닌 사람은 티셔츠 뒤에 뭐라고 적어야 하지? 딸도, 아들도, 엄마도, 아빠도, 할머니, 할아버지, 이모, 고모, 숙모, 삼촌도 아닌 사람은? 가족 관계로는 자신을 규정할 수 없는 사람은 티셔츠에 무슨 말을 새겨야 할까. 갑작스레 큰 숙제를 받은 것 같았다.

'진상'이나 '갑질'이란 단어도 흔치 않던 이십 대 초반, 고깃집에서 아르바이트하면 열흘에 하루꼴로 악성 손님을 만났다. 사람들은 술에 취하면 자신의 바닥을 너무 쉽게 보여 줬다. 다 먹고서는 음식 맛을 탓하며 결제를 거부하는 사람도 있었고, 음료를 무료로 달라고 억지를 부리는 사람도 있었다. 고기랑 술을 이렇게나 시켰는데 서비스 하나 안 내오느냐면서. 처음엔 매니저에게 이야기하고 사이다라도 한 병씩 내주었지만, 나중엔 오기가 생겼다. 내가 사장이라도 되는 듯 안 된다고 딱 잘라 말했다. 아르바이트생의 거절에 마음이 상한 몇몇 손님은 나를 위아래로 훑어 보며 비장의 카드를 꺼내듯 호구조사를 시작했다. 너 몇 살이야. 너 알바생이지? 여기 근처 학교 다니지? 아무런 반응이 없으면 그들은 약속이나 한 듯 일격을 날렸다.

"이런 씨. 야 인마. 너는 에미 애비도 없냐!"

다 큰 어른들의 거친 생떼에 한숨이 나오고 미간

에 힘이 들어갔다. '네, 전 에미 애비 없어요' 하고 맞
받아치고 싶었지만, 그러면 분명 또 다른 모욕적인
말이 나올 게 뻔했다. 상대에게 모욕을 주기 위해 가
족을 들먹이는 경우가 많았다. 너 같은 걸 낳고 네 엄
마는 미역국을 드셨다니? 네 부모는 너한테 뭘 가르
쳤니? 느그 아부지 모하시노.

　　한쪽에선 부모 운운하며 창을 휘두르고, 한쪽에
선 저도 귀한 집 자식이니 함부로 대하지 말라고 방
패로 막아선다. 나는 최소한의 방패도 없는 사람이었
다. 진상 손님이 내뱉은 상스러운 애비 에미라는 단
어도, 아르바이트생을 보호하기 위해 적어 둔 '귀한
딸'이라는 글귀도, 모두 나를 비켜 갔다. 가족이라는
자리 어디에도 끼지 못하고 주변만 배회하는 기분이
었다. 그래서 아이를 낳고 '엄마'라는 문이 열렸을 때
사람들이 말하는 '가족' 일원의 이름을 갖게 된 것에
안도했다. 비로소 '가족'이라는 땅에 착지한 것 같았
다. 나는 누군가의 엄마, 아내, 며느리라는 새로운 호
칭을 기꺼이 반겼다. 가족 구성원의 핵심 인물에 가
까워질수록 내 가치와 존재가 더 선명해진다고 믿었
다. 조카, 손녀, 사촌 누나 같이 가족 중심 구성원과는

160

조금 떨어진, '남의 집 귀한 딸' 같은 호칭에는 맞아떨어지지 않았던 나에게 어떤 중요한 이름표가 주어지는 것 같았다.

그런데 아무것도 아닌 사람은?

아빠, 엄마, 아들, 딸, 손녀, 손자, 조카, 이모, 삼촌, 고모, 이모부, 고모부, 큰엄마, 작은엄마, 할머니, 할아버지…… 이 많은 호칭 중 어떤 것으로도 불릴 수 없는 사람은 무엇으로 자신을 지킬 수 있을까. 가족 구성원이라는 울타리 밖을 돌고 있는 사람은 티셔츠 등에 어떤 말을 새겨야 할까.

독립출판물을 통해 내 가정사를 고백했을 때, 최소 10년은 알고 지내 온 친구들에게서 메시지가 도착했다. 그중 나를 와락 안아 주는 메시지가 하나 있었다.

'나에게 너의 부모 유무는 그다지 중요한 게 아니었어. 네가 누구의 자녀이고 어떻게 자랐는지가 무슨 상관이겠니. 너는 그냥 너인데.'

너는 그냥 너인데.

망망대해를 맴돌던 작은 배가 비로소 육지에 닿는

기분이었다. 아, 내가 세상으로부터 간절히 듣고 싶었던 호명은 이것이었구나. 누가 이 말을 해 주지 않을까 세상에 귀를 기울이고 살아왔던 사람처럼, 친구 메시지를 반복해서 읽으며 턱 끝에서 떨어지는 눈물을 닦아 냈다. 너는 누구의 딸도, 누구의 아내도, 누구의 엄마도 아닌 그냥 너일 뿐이다. 어떻게 호명되더라도 혹은 호명되지 않더라도 너는 너인 것으로 이미 충분하다고. 무엇이 될 필요도, 무엇이 되기 위해 무엇을 할 필요도 없다고. 세상 한가운데서 어떤 색으로든 선명해지고 싶었던 내가 맑고 투명하게 빛나는 기분이었다.

가족 구성원의 이름으로 명명되지 않더라도 우리는 모두 그 자체로 존귀하다. 명절날 며느리 혼자 일을 하는 게 부당한 이유는 남의 집 귀한 딸을 부려 먹어서가 아니라 가사 노동은 남녀 구분 없이 동등하게 이루어져야 하기 때문이다. 아파트 경비원에게 무례한 '갑질'을 하지 않아야 하는 것은 그가 누군가의 아버지라서가 아니라, 사람과 사람 사이에 예를 갖추는 것이 당연한 일이기 때문이고, 어린아이를 환대해야 하는 이유는 누군가의 자녀라서가 아니라 사람이라면 모두가 어린 시절을 건너왔기 때문이다.

서른여덟 번째 생일, 이제 막 한글을 깨친 둘째가 선물이라며 곱게 적은 편지를 내밀었다. 아이는 받는 사람보다 더 설레는 표정으로 빨리 편지를 열어 보라고 발을 굴렀다. 하트 스티커가 빈틈없이 붙여진 봉투를 열어 편지를 꺼내자, 삐뚤빼뚤한 글씨로 이렇게 적혀 있었다.

　'김수현에게'

　보통 '엄마에게'라고 하지 않나? 나는 내 이름 석 자에 웃음을 터뜨렸다. 남들이 보면 엄청나게 재밌는 것이 적혀 있는가 착각할 정도로. 맞아. 나는 김수현이지. 딸에게 엄마 대신 이름을 불리는 첫 순간이었다.

　"고마워. 시안아. 수현이 너무 기쁘다."

　이렇게 말하자 아이도 재밌는 이야기를 들은 듯 한참 웃었다. 아이 편지 속에 귀여운 토끼가 그려져 있었다. 엄마 토끼, 아이 토끼라는 말 대신, 우리는 시안 토끼, 수현 토끼라는 이름을 붙여 주었다.

　　　　　내 세상에 없던 단어를 맞이하며

모든 걸 다 알던 사람과
몰라도 되는 사람

첫째의 유치원 상담이 있던 날, 교실 밖에서 상담 중인 보호자가 나오길 기다리며 신발장에 가지런히 놓인 아이들 실내화를 보고 있었다. 내 아이 이름표 위에 놓인 실내화가 다른 아이들 실내화보다 유독 더 새까매 보였다. '저걸 언제 빨아 줬더라. 다른 엄마들은 매주 실내화를 빠는 걸까' 따위의 생각을 하는 와중에 드르륵 교실 문이 열리며 내 차례가 되었다.

선생님은 노트북에서 아이의 유치원 활동 사진을 찾아 보여 주었다. 사진 속 아이는 강당에서 달리기를 하고 친구들과 블록을 쌓고 혼자 앞에 나가 뭔가를 말하고 있었다.

"어머니, 원상이는 뭐든 적극적이라 발표도 잘하고요, 도움이 필요한 친구들은 자기가 나서서 먼저

도와주곤 해요.”

“원상이가요?”

선생님 이야기에 다시 한번 아이 이름을 확인했다.

“네. 씩씩하고 뭐든 솔선수범해요.”

나는 반박자 늦게 고개를 주억거렸다. 도대체 이게 다 무슨 말일까. 적극적. 발표. 씩씩. 이런 단어는 내 아이 사전엔 없는 단어였다. 내가 아는 아이는 낯가림이 심하고 소극적이라 누구에게 먼저 인사하는 법이 없었다. 놀이터에서 또래 아이와 마주쳐도 쉽게 다가가지 못해 항상 내가 나서서 친구를 만들어 줘야 했다. 기질이 그러니 어쩔 수 없지, 대차고 당찬 아이가 있으면 그 반대 성향 아이도 있기 마련이지, 하면서도 왜 우리 아이는 이다지도 숫기가 없을까, 속이 끓기도 했다.

“애가 낯을 너무 가리고 수줍음이 많아서 걱정을 좀 했거든요.”

선생님은 놀란 표정을 지었다. 정말요? 유치원에서는 그런 모습이 전혀 없었는데.

선생님과 나는 얼굴을 마주한 채 웃었다. 서로가 말하는 아이가 동일인이라는 사실이 믿어지지 않는다는 듯이. 유치원을 나서며 남편에게 전화를 걸었다.

　　　　내 세상에 없던 단어를 맞이하며

"원상이가 씩씩하다 하시네?"

남편과 나는 동시에 웃음이 터졌다.

집으로 돌아가 현관문을 열자 아이가 달려와 허리를 안았다. "엄마! 선생님이 뭐래?" 하며 궁금증이 가득한 얼굴로 올려다보았다. 아주 놀라운 이야기를 하셨지. 아이 볼을 가만히 쓰다듬었다. 어쩐지 내가 만져 본 적 없는 얼굴을 쓰다듬는 기분이었다.

아이에게 자주 하는 말 중 하나는 "내가 널 모르냐"였다. 내 눈치를 살살 보는 이유. 놀이터에서 놀다가 갑자기 시무룩해진 이유. 괜히 냉장고를 열었다 닫았다 하는 이유. 문방구 앞을 지나갈 때 발걸음이 느려지는 이유. 아이가 지금 무엇을 원하는지, 어떤 기분인지 맞히면 아이는 깜짝 놀랐다.

"엄마! 어떻게 알았어?"

그때마다 가소롭다는 표정으로 씩 웃었다.

"내가 널 모르니. 엄만 원래 다 알아."

내가 엄마니까. 내 배 속에 열 달을 품고 모유로 키웠으니까. 먹고, 자고, 싸는 아이를 한 몸처럼 붙어서 돌봤으니까. 내가 만든 음식을 먹이고, 내가 고른 옷과 신발을 입히고 신겼으니까. 아이와 제일 오래 붙어 있었으니까. '엄마, 저건 뭐야?' 아이가 세상에 눈을 떴을 때 곁에서 일일이 답해 준 것도 나였으니까.

"우와, 엄마는 다 아는구나" 아이의 감탄은 당연한 사실로 여겨졌다. 내가 모르면 누가 알겠어, 하는 오만한 생각과 함께. 아이에 대해 다 알아야 한다고, 다 알고 있다고 착각했다.

우리 애는 그래. 우리 애는 저래. 이런 말을 수없이 내뱉고 들으며 육아의 한 시절을 보냈다. 놀이터에서 엄마들을 만나거나 가끔 엄마 모임에 가면, 나를 포함한 엄마들은 하나같이 자기 아이에 대해 다 알고 있는 것처럼 말했다. "저희 애가 질투가 많아서요." "저희 애는 머리는 괜찮은 것 같은데 끈기가 없어요." "친해지면 괜찮은데 초반에 낯가림이 너무 심해요." 엄마들 입에서 나오는 이야기들로 아이 친구들 성격을 가늠했다.

아이를 다 알고 있다는 확신. 그 마음은 때로 내가 모르는 아이의 모습을 부정하게 했다. 하루는 키즈카페에 갔는데, 일곱 살 정도로 보이는 아이들이 다투기 시작했다. 그러다 화가 난 아이 한 명이 곁에 있는 친구에게 욕을 했다.

"이 씨발 새끼야."

욕을 들은 친구는 놀라 울먹거렸다. 일곱 살 아이 입에서 나올 법한 말이 아니었기에 제삼자로 그 광경을 바라보던 나도 그대로 굳고 말았다. 욕을 한 아이 엄마는 상황을 전해 듣고 소스라치게 놀랐다.

　"얘! 우리 애는 그런 애 아니거든?"

　욕을 한 아이는 불안한 표정으로 제 엄마의 치맛자락을 꼭 쥐고 있었다.

　"진짜예요. 얘가 저한테 욕했어요."

　아이 엄마에게 사실을 말해 줘야겠다고 생각한 내가 엉덩이를 뗐을 때, 다른 테이블에 있던 여성이 말을 얹었다.

　"쟤 욕한 거 맞아요. 저도 들었어요."

　그 엄마는 크게 당황하며 아이에게 따져 물었다. 너 진짜 그랬어? 왜 거짓말했어! 그런 욕은 어디서 배웠어? 당황한 아이는 울음을 터뜨렸고, 엄마는 자신이 몰랐던 아이 모습에 기막혀했다. 사람들은 모자가 황급히 사라질 때까지 그 모습을 지켜보았다.

　"엄마가 어떻게 애 욕하고 다니는 걸 몰라? 우리 애는 그런 애 아니거든? 참 나."

　옆 테이블에서 아이 엄마 목소리를 흉내 내며 비아냥거리는 소리가 건너왔다. 그곳에 있던 사람들 모두 어떤 생각을 하고 있을지 짐작할 수 있었다. 엄마라면 당연히 자기 애에 대해 다 알고 있어야 하는 거 아니야? 아이의 성격과 취향, 아이가 갑자기 아픈 이유와 별것 없이 기분이 좋은 이유에 대해, 엊그저께 유치원에서 먹은 음식이 무엇인지까지 엄마는 다 알고 있어야 했다. 그 질문에 바로 대답을 못 하면 이상한 죄책감이 올라왔다. 엄마인 너는 알고 있어야지, 안 그래? 보이지 않는 손이 목덜미를 강하게 누르는 것 같았다. 그런데 나는 정말 다 알고 있을까.

육아법을 코칭하는 프로그램을 가끔 보는데, 아이가 문제 행동을 보일 때면 내가 보호자가 된 듯 긴장되었고, 아이가 자신의 진심을 말하는 장면에선 나도 모르게 눈물이 나왔다. 프로그램 중반, 아이는 조심스럽게 자신의 속마음을 털어놓고 있었다. 엄마가 모니터로 아이를 바라보며 눈물을 닦는 장면에 자막이 달렸다.

'그랬구나. 엄마가 몰라줘서 미안해.'

엄마가 몰라줘서 미안해? 자막을 본 순간 눈물이 쏙 들어갔다. 나 역시 아이가 아주 어렸을 때부터 이 말을 얼마나 많이 쓰고, 또 들어 왔던가. 엄마는 왜 모르는 것마저 죄가 될까. 울음소리만 듣고 배가 고픈 것인지, 졸린 것인지, 기저귀를 갈아 달라는 것인지 알아차리는 일도 엄마 몫이었고, 아이의 반항적인 태도에 숨은 의도를 단번에 파악하는 것도 엄마의 일이었다. 잘 모르겠어요, 같은 대답은 통하지 않았다. 무슨 엄마가 그것도 몰라? 하는 대답이 화살처럼 날아왔다. 말하지 않는 진심, 드러내지 않는 속내까지 꿰뚫어 봐야 하는 것이 엄마의 책무였다. 하지만 그것은 불가능한 일이다. 그 일을 누가 완벽히 수행할 수 있을까.

"나는 진짜 걔 속을 알다가도 모르겠어."

이제 막 사춘기에 진입한 아이를 둔 언니를 만났다. 중2가 된 아이는 예전만큼 웃지 않고 쌀쌀맞아졌으며 '모른다'는 말만 되풀이한다고 했다. 밥을 먹거나 함께 소파에 앉아 있을 때도 고개를 푹 숙인 채 핸드폰만 보며 큭큭거릴 뿐이라고. 뭐가 그렇게 재밌느냐고 살갑게 물으면 웃음을 뚝 그치고 "엄마는 몰라도 돼" 쏘아붙이고는 다시 저 혼자만의 세상으로 빠진다고. 뭐가 그렇게 재밌는지, 친구들과 어떤 이야기를 하는지, 요즘 고민과 관심사는 무엇인지 묻고 싶지만, 요즘은 부모들도 아이들 사생활을 존중해 줘야 한다는 말을 들었다며, 그저 느슨하게 한 발 물러서 지켜보고만 있을 뿐이라고 했다.

"자꾸 몰라도 된대. 묻지도 말래."

우리는 마주 보며 웃었다. 말하지 않았지만 각자 입에서 나온 웃음의 의미가 무엇인지 알고 있었다. 아무것도 몰라도 된다니. 그런 말을 하는 중학생 애를 상상하니 가소롭고 귀여워 웃음이 나왔다. 예전에 알던 애는 사라진 것 같다고, 어디 4차원에서 모르는 애가 짠 하고 튀어나온 것 같다며 언니는 턱을 괸 채 넋두리를 하듯 말했다. 그러곤 눈을 살짝 찌푸렸다가 무언가를 털어 버리려는 듯 크게 기지개를 켰다. 언니는 잠깐 자신이 잘 알고 있던 아이의 모습을 떠올렸을 것이다. 한때 아이에 대해 모든 걸 다 알고 있던 사람과 이젠 아무것도 몰라도 되는 사람이 내 앞에 앉아 있었다.

어느 겨울, 둘째와 걸어서 유치원을 가는 중이었다. 가까운 거리지만 바람이 제법 찬 날이어서 외투 소매 끝으로 삐져나온 아이 손이 신경 쓰였다.

"시안아, 손 시럽지? 엄마처럼 주머니에 손 넣어."

내 세상에 없던 단어를 맞이하며

아이는 군데군데 쌓인 눈을 피해 뒤뚱뒤뚱 걷다가 돌아보았다.

"안 돼. 주머니에 손 넣고 걸으면 빙판길에서 넘어져."

보나 마나 유치원에서 안전 교육을 한 걸 테지. 유치원에 들어간 뒤부터 아이는 선생님 말씀이 곧 진리인 것처럼 굴었다. 둘째만 그런 게 아니라 큰아이도 마찬가지였다. 처음 초등학교에 들어갔을 때 연습장으로 8칸 노트를 준비했는데 선생님이 꼭 줄 노트를 가져오라 했다며 줄 노트를 안 가져가면 큰일이 날 것처럼 굴기도 했다.

"그래도 추운데…… 손 넣지."

"선생님이 안 된다고 했어. 엄마는 그런 것도 몰라?"

아이가 두 팔을 씩씩하게 휘두르며 아는 체를 했다. 그 말에 어처구니가 없어 입에서 바람 빠지는 소리가 새 나왔다. 어이없어하는 나와는 달리 아이는 신나 보였다. 내가 엄마보다 아는 게 하나 있다는 의기양양함 같은 것이 발걸음에 묻어났다. 아이 뒤를 졸졸 따라가며 생각했다. 나는 아이한테서 '모든 걸 다 알던 사람'에서 '그것도 모르는 사람'이 되었구나.

머지않아 '아무것도 몰라도 되는 사람'이 되겠지. 서운하기보다는 내 무게가 조금 가벼워지는 것 같았다. 앞으로 아이는 얼마나 많은 '별걸 다 아는 사람들'을 만나게 될까. 내가 점점 몰라 가는 아이의 뒷면을 알게 되는 사람은 과연 어떤 사람들일까.

유치원에 도착해서 벨을 누르자 둘째 담임선생님이 나왔다. 방금까지 까불거리던 둘째는 두 손을 가지런히 모으고는 공손히 인사했다. 아이 손을 잡고 들어가는 선생님을 물끄러미 바라보았다. 내 아이의 뒷면을 아는 사람의 뒷모습 같았다.

내 세상에 없던 단어를 맞이하며

새엄마의 시간에서 친엄마의 시간으로

그 소문은 입과 입을 통해 은밀하게 퍼져 나갔다. 초등학교 교실의 쉬는 시간, 소문을 전달받은 친구는 내 어깨를 가볍게 두드렸다.

"너 그 이야기 들었어? 지은이네 엄마 새엄마래."

헉! 나는 들어선 안 될 끔찍한 이야기를 들은 사람처럼 두 손으로 입을 가린 채 경악했다. 친구는 "지은이 어떡해" 하며 안타까운 탄식을 흘렸다. 누구로부터 이 소문이 시작되었는지, 정말 지은이네 엄마가 새엄마가 맞는지 아닌지는 우리에게 중요하지 않았다. 우리의 화두는 '새엄마'라는 단어 하나뿐이었다. 그 소문을 들은 뒤부터 친구들과 깔깔 웃는 지은이만 봐도 안됐다는 생각이 들었다. 초등학생이었던 우리에게 새엄마란 아이들을 무섭게 혼내고 밥도 주지 않고, 여러 잡일을 시키는 마녀 같은 존재였다. 그도 그럴 것이 우리가 그동안 보아 온 동화책에서 새엄마는 모두 빌런으로 등장했다. 신데렐라, 백설공주, 헨젤과 그레텔, 장화홍련 등등. 거기다 이런 노래까지 유행했다.

'신데렐라는 어려서 부모님을 잃고요~ 계모와 언니들에게 구박을 받았더래요~'

그런 무시무시한 여자가 내 엄마가 되는 것보다 차라리 엄마가 없는 게 낫다. 전혀 피가 섞이지 않은 사람이 친할머니와 고모보다 나를 더 애틋하고 다정하게 바라봐 줄까? 보이지 않는 곳에서 해코지나 당하지 않으면 다행이었다. 엄마 없는 애가 새엄마가 있는 앨 걱정하고 측은하게 여겼다.

그날 이후 지은이는 내 관찰 대상자 1호가 되었다. 아침에 그 애가 교실로 입장하면 옷 상태와 머리 모양, 손과 얼굴 같은 드러나는 곳들을 하나하나 뜯어봤다. 지은이는 탐이 날 정도로 예쁘진 않지만 늘 깔끔하고 단정하게 옷을 입었고, 몸에 멍이나, 할퀸 자국 같은 건 없었다. 특히 놀라운 건 매번 양 갈래로 땋은 머리였다. 저거 손 되게 많이 가는데. 할머니는

내 세상에 없던 단어를 맞이하며

내 머리 묶는 걸 세상에서 제일 어렵고 번거로운 일로 여겼다. 그래서 내 머리는 만년 단발이었다.

그럴 리가 없는데. 새엄마는 친딸이 아닌 아이에게 깨끗하고 단정한 옷을 입힐 리가 없는데. 아침마다 머리를 곱게 땋아 줄 리가 없는데. 입이 달싹거리고 엉덩이가 들썩였다. 물어보고 싶었다. 너희 엄마진짜 새엄마야?

어디서 용기가 났는지 지은에게 다가가 은근슬쩍말을 걸었다.

"지은아, 머리 예쁘다. 아침에 머리 누가 땋아줘?"

지은은 자기 한쪽 머리를 슬쩍 바라보더니 무심하게 대꾸했다.

"이거? 엄마가 땋아 줬지."

엄마가 아니면 누구이겠냐는, 별걸 다 묻는다는말투와 표정에 잠시 혼란스러워졌다. 지은이 입에서 익숙한 듯 흘러나온 엄마라는 단어에 오히려 당황한 쪽은 나였다. 엄마? 엄마라고? 내가 예상했던 슬픈 기색이나 두려움, 머뭇거림 따윈 없었다. 아, 그렇구나. 나는 머쓱해진 얼굴로 자리에 돌아와 앉았다. 소문은 거짓이구나. 나는 금세 지은에게 흥미를 잃었

다. 지은의 엄마가 친엄마인지 새엄마인지는 끝내 알
수 없었다.

세상은 '낳은 정' '기른 정'이라는 말로 어느 쪽에
모성애가 더 있는지 저울질하려 들었다. 과연 생판
남인 사람이 친엄마보다 아이를 더 사랑할 수 있겠느
냐고. 아이를 해치치 말라고 울부짖는 여자가 아이의
친엄마라고 판결하는 솔로몬 이야기는 '낳은 정'이라
는 말에 힘을 실었다. 하지만 '낳은 정'이란 말은 여
러 사람의 마음을 동시에 할퀴는 말이기도 했다. 세
상의 새엄마들에게는 냉정하고 표독스러운 이미지를
들씌웠고, 아이를 낳은 친엄마에겐 어떤 상황에서도
아이를 꼭 제 손으로 키워야 한다는 의무감과 그렇지
못할 경우에 죄책감을 더 크게 안겨 주었다. 뿐만 아
니라 친엄마에게 상처를 받은 사람에겐 당연한 사랑
을 받지 못했다는 상실감을 주었다.

'내 배 아파 낳은 내 자식이라고요.'
세상에 그보다 더 강력한 말은 없는 것 같았다. 그
무엇도 '배 아파 낳은'이라는 말을 이길 수 없었다.
아이에 대한 소유와 권리가 아이를 낳은 '친엄마'에

게 몽땅 있다는 듯, '그래도 애는 친엄마가 키워야지' 같은 말도 서슴없이 했다. 열 달 동안 아이를 품고 살을 찢는 아픔 속에서 아이를 탄생시킨 사람. 밤낮없이 자기 몸에서 차오르는 젖을 아이에게 물려 본 사람. 그 동물적 고통과 희생을 아는 사람만이 아이를 진정으로 사랑할 권리를 얻었다. 사람들이 말하는 모성애의 단단한 껍질 속에는 고통과 희생이 존재했다. 그것 없이는 아이를 향한 사랑을 의심받았다. 아이를 낳은 친엄마의 사랑은 그 누구도 능가할 수 없었고, 친엄마는 아이를 위해서라면 무슨 일이든 할 사람이었다. 그래서 나는 자꾸만 불쌍하고 가여운 아이가 되었다. 새엄마를 맞이했을 다현에게도 그 말은 비극이었다.

삶에 큰 미련이 없던 내가 아이를 낳고 나서 오래 살고 싶다는 바람을 갖게 되었다. 아이가 자라는 모습을 계속 지켜보고픈 마음도 있었지만, 나만큼 아이를 사랑할 수 있는 사람은 없을 거란 두려움 때문이었다. 내가 죽으면 아이들은 누가 키우지? 내가 받았던 쓸쓸하고 텁텁한 동정의 눈빛을 아이들도 받게 되겠지. 그런 생각이 들수록 나는 악착같이 아이들 곁에 있고 싶었다. 그러면서 엄마의 사랑이 아이가 받는 최상의 사랑이라면, 더 넉넉하고 더 희생적이어야 하지 않을까 고민했다. 아이들이 받는 사랑이 고작 이 정도면 안 될 것 같았다. 모유 수유를 반드시 해야 할 것 같았고, 아이가 쓰는 것은 하나도 허투루 사선 안 될 것 같았다. 아이가 먹는 음식엔 지극한 정성이 들어가야 했고, 아이가 안기는 품엔 온기가 있어야 했다. 아이가 아플 때 차라리 그 아픔을 내게 달라고 기도해야 했다. 친엄마라는 말은 누구와도 나눌 수 없는 이름이었다. 그 부담감은 온전히 엄마 몫이 되었다.

그런데 생각해 보면, 나 역시 아이의 '새엄마'였다. 몸의 통증과 주변의 소란스러움 속에서 아이가 내 품에 안겼을 때, 어쩌면 이게 다 몰래 카메라는 아닐까 싶을 정도로 모든 게 비현실적으로 느껴졌다. 태반이 얼굴에 덕지덕지 묻은 아이 얼굴을 보며 사랑이 샘솟기보다는 기이하고 낯설다는 감정이 앞섰다. 모성애는 팡팡 터지는 팝콘 같은 것도, 하루아침에 봉오리를 활짝 벌리는 꽃 같은 것도 아니었다. 아이를 낳는 여자들에게 자동으로 생성되는 호르몬 같은 것도 아니었다. 아이와 함께하는 시간이 어느 정도

쌓일 때까지 나는 아이의 새엄마였다. 물끄러미 아이 얼굴을 바라보며 나를 닮은 코가 '귀엽다'라고 느낀 것이 사랑일까. 잠에서 깬 새벽, 가슴에 유축기를 달고 젖을 짜면서 느꼈던 내 몸에 대한 박탈감이 모성인가. 종일 안아 줘도 계속 귓가에 울리는 아이 울음소리에 솟은 짜증과 분노는 죄인가. 생전 처음 토슈즈를 신고 배워 본 적 없는 발레를 하는 기분이었다. 나의 역할은 친엄마. 느닷없이 무대 위로 떠밀려 완벽한 모성애를 흉내 내야 하는 처지가 되었다. 발끝으로 종종거리며 넘어지지 않으려 애를 써 봐도 계속 주저앉았다. 잠시 무대 뒤에 숨어 아픈 발을 주무르고 싶었다.

시댁은 차로 세 시간을 꼬박 달려야 하는 곳에 있다. 도착해서 철문에 달린 벨을 누르면 안쪽에서부터 시어머니 목소리가 들린다. "우리 똥강아지들 왔나아." 목소리만으로도 시어머니가 우리를 얼마나 기다렸는지 알 수 있다. 현관문이 열리는 순간부터 그녀는 아이들 얼굴을 닳도록 쓰다듬는다. 그 손을 보며 생각했다. 내가 가장 아이를 잘 알고, 내가 제일 아이를 사랑하고, 오직 나만이 아이를 위해 목숨을 내놓을 수 있다는 믿음은 그저 나의 착각일지도 모른다고.

그 생각은 내게 동아줄 같았다. 설령 그것이 최고, 최상의 사랑이 아니더라도 상관없었다. 잠들기 직전, 내 이마를 가만히 쓸어 주던 할머니 손바닥의 온기, 날 한바탕 혼낸 뒤 와락 끌어안으며 터졌던 고모의 울음. 퇴근 때마다 고모부 손에 들려 있던 과자가 든 비닐봉지와 나와 선생님만 보던 일기장에 붉은 색연필로 그려진 커다란 별 표시 같은 것. 그것이 꼭 친엄마의 사랑보다 농도가 옅거나 밀도가 낮다고 누가 말할 수 있을까.

아이를 직접 낳았든 아니든 모두가 '새' 엄마의 시간을 지나 '친'(한) 엄마의 시간으로 간다. 이름은 비록 새엄마이고 할머니이고 고모이고 이모일지라도 '배 아파 낳은 고통 없이도' 아이의 '친'한 엄마가 될 수 있다. 나는 그들의 사랑을 믿는다. 그것이 다현에게도 쏟아지고 있는 사랑이라고 믿고 싶다.

거짓말로 시작하는 편지

5월, 가정의 달이 시작되고 며칠이 지난 무렵이었다. 학교에서 돌아온 아이가 무언가를 내밀었다. 집에 오는 내내 그걸 건네줄 생각만 했는지 가방에서 허겁지겁 꺼낸 종이는 조금 구겨져 있었다. 아이는 옆에서 빨리 읽어 보라고 재촉했다. '어버이날'을 맞이해 학교에서 써 온 편지였다. 편지 안엔 분홍색과 빨간색, 초록색으로 칠해진 커다란 하트가 붙어 있었다. 하트 아래엔 아이 글씨가 제법 또박또박하게 쓰여 있었다.

   – 엄마, 아빠에게
   저를 돌봐 주시고 키워 주셔서 감사합니다. 사랑해요.
   편지 속엔 선생님이 불러 주는 말을 받아 적기라

도 했는지, 평소 아이가 쓰지 않는 '저' '돌봐' '키워' '감사' 같은 낯선 단어들이 가득했다. 아이가 어린이집을 다닐 때, 글자라곤 하나도 없이 자기 지문만 찍어 온 편지가 생각났다. "고마워. 엄마도 사랑해." 나는 냉장고에 붙여 놓은 아이 사진 옆에 편지를 붙여 두었다.

냉장고에 붙은 편지를 볼 때마다 연필 소리가 요란했던 5월의 교실이 떠오른다. 가정의 달을 맞이해 학교에선 부모님께 편지 쓰기 행사를 진행했다. 아이들은 저마다 선생님이 나눠 준 편지지를 앞에 두고 바쁘게 연필을 굴렸다. 순식간에 말소리가 줄어들고 교실 안에 연필 소리가 비처럼 쏟아졌다. 나는 사각거리는 연필 소리를 들으며 매일 보는 부모님께 하고 싶은 말이 뭐가 저렇게도 많을까, 툴툴댔다. 좀 있다 집에 가면 볼 수 있는데. 아이들의 연필이 맹렬하게 종이 위를 가르는 동안 고요히 있는 사람은 나 혼자였다. 슬쩍 넘겨본 짝꿍의 편지지는 벌써 두 줄이 넘어가고 있었다. 바삐 움직이는 짝꿍의 연필 꽁무니를 쳐다보다 하얗게 비어 있는 내 편지지로 시선을 옮겼다.

선뜻 첫 글자를 쓰지 못하는 이유는 편지를 받아

볼 엄마 아빠가 없다는 사실, 어떻게 쓴다고 한들 함께 사는 할머니는 글자를 몰라 읽을 수 없다는 사실 때문이었지만, 태연한 표정으로 턱을 괴며 신중하게 말을 고르는 시늉을 했다. 누가 볼까 몸을 잔뜩 웅크리고 편지지를 팔 안에 감추었다. '할머니께'를 썼다가 황급히 지웠다. 틀린 글자도 없었지만, 썼던 자국이 남지 않도록 지우개로 벅벅 문질렀다. 그리고 다시 쓴 글자는 '부모님께'였다. 할머니를 떠올리니 심란했지만 받는 사람을 고치지 않았다.

생각해 보면 엄마가 내게 마지막으로 남긴 말도 거짓말이었다. 네 살과 다섯 살의 경계에 있던 겨울날 아빠는 거짓말처럼 죽은 사람이 되었고 엄마는 열밤만 자고 올 거라는 거짓말을 남긴 채 내 곁을 떠났다. 엄마가 떠난 뒤 할머니 등에 업혀 깊은 밤을 보낼 때면 연신 할머니 코를 만지작거렸다. 길어지지 않는 할머니 코를 붙잡고 엄마가 곧 온다는 말이 거짓말이 아니구나, 안심했던 여섯 살의 내가 있었다.

낳아 주셔서 감사합니다. 키워 주셔서 감사합니다. 반 아이들이 비슷비슷한 글을 쏟아 내는 동안 나는 겨우 한 문장을 쓰고 지우고 다시 썼다. 이 시간이 빨리 끝나길 바라는 마음에 시계를 몇 번이고 힐끗거렸다. 한참을 웅크려 있다 살짝 고개를 들었을 때 대각선 앞쪽에 앉은 친구의 어깨가 보였다. 그 어깨를 타고 뻗은 팔이 편지지 위에서 거침없이 움직이는 것을 홀린 듯 바라보았다. 감출 것이 아무것도 없는 사람의 뒷모습. 서늘한 바람이 내 마음속을 훑고 지나갔다.

보고 싶다, 어디에 있느냐, 잘 사느냐, 언제 오느냐 같은 말 대신 말 안 들어서 죄송해요, 효도할게요, 낳아 주셔서 감사합니다 같은 거짓말로 가득 채운 편지를 재빠르게 접어 봉투에 넣었다. 편지가 할머니 손에 들어갔는지는 기억나지 않는다. 할머니가 편지를 봤다 하더라도 어차피 글을 몰랐기 때문에 상관없었다. 아마 편지 봉투를 내밀며 이게 뭐냐고 묻는 할머니에게 '그냥, 학교에서 쓴 거야' 하며 톡 쏘아붙였겠지. 아니면 뜯지도 않은 편지 봉투를 그대로 쓰레기통에 버렸는지도 모른다. '화목'이라는 말이 세트로 붙는 가정의 달에 나는 유난히도 할머니에게 신경질을 부렸다.

아이의 교과서를 펼쳤다가 '우리 가족' 챕터에 눈이 갔다. 아이가 삐뚤빼뚤하게 쓴 아버지, 어머니라는 단어와 그 옆에 쓰인 남편과 나의 이름을 보았다. 아이가 있던 교실에도 아버지, 어머니보다도 할머니나 할아버지, 삼촌이나 이모, 고모, 아니면 아주머니, 아저씨 같은 다른 단어를 써야 하거나 쓰고 싶은 아이가 있었을지도 모른다.

내가 앉아 있던 교실 안에도 나처럼 거짓 편지를 써야 했던 아이가 있었을 것이다. 연필 끝을 입술에 톡톡 부딪히며 다음 쓸 말을 곱씹던 아이, 맞춤법을 잘 몰라 연필보다 지우개를 더 많이 쥐었던 아이, 팔꿈치로 짝꿍을 툭툭 치며 장난을 걸던 아이. 모두가 아무렇지 않은 얼굴을 하고 있었지만 그중 누군가는 나처럼 거짓말을 지어내느라 분투하고 있었을지도 모른다. 자신의 잘못이 아닌 일을 애써 감춰야 했던 아이가 있는 교실을 떠올리면 마음에 또 한 번 바람이 분다.

아무에게나, 나를 보살펴 준 따뜻한 손을 가진 어른에게 편지를 쓰는 시간이 있었더라면 어땠을까. 편지 쓰는 걸 좋아해서 자주 친구들에게 편지를 건넸던 나는 아마 반에서 가장 신나게 연필을 굴렸을 것이다. '할머니께'로 시작하여 사랑한다는 말, 고맙다는 말, 짜증 내 미안했다는 말…… 그런 말들이 쉴 새 없이 쏟아져 나와 시간 가는 줄 모르고 편지지를 까맣게 채웠을 것이다. 팔 안에 편지를 감추는 일도 없이.

냉장고에 붙은 아이 편지를 보며 모두가 어깨를 쫙 펴고 앉아 사랑하는 어른을 떠올리는 모습, 누구의 연필도 머뭇거림 없이 사각사각 경쾌하게 울려 퍼지는 교실 풍경을 그려 본다.

이 책이 너에게 닿는다면

다현에게

다현아.

너를 잃은 후 오랜 시간, 처음부터 널 없었던 사람처럼 잊고 살았어. 너와의 기억을 하나씩 지워 가면서 말이야. 엄마나 할머니를 원망하는 것보다 그편이 더 나았으니까. 그런데 내게 딸이 생기고, 그 딸이 그때 너의 나이가 되고 나니 아이를 안을 때마다 너를 떠올리지 않을 수 없다. 살아 있다면 너는 올해 서른 여덟이 되었겠지. 넌 어떤 어른이 되었을까. 어른이 되긴 했을까.

다현아.

이제 막 여섯 살이 된 딸아이가 밤마다 몸을 둥글게 말고서 내 품으로 들어올 때면 그때의 네가 이렇게나 작았구나, 우리가 참 어린 나이였구나, 새삼 깨닫게 돼. 어른들의 결정으로 우리의 삶이 함부로 바뀌어 버렸던, 참 형편없던 어린 시절이었지. 우리가 처음 할머니 집에 갔던 날을 기억하니? 그날 나는 빨간색 작은 꽃이 촘촘히 박힌 원피스를 입었고, 너는 같은 디자인에 노란색 꽃이 그려진 원피스를 입었잖아. 아마도 엄마는 다른 엄마들이 그러는 것처럼, 자매인 우리에게 색깔만 다른 비슷한 디자인의 옷들을 입히곤 했던 걸 테지. 밖에 나가 모르는 사람들이 봐도 자매인 것을 알 수 있게 말이야. 네가 오늘날까지 내 곁에 함께했다면 우린 얼마나 많은 비슷한 것들을 나눠 가지고 살았을까. 서로만이 공감할 수 있는 아픔까지 함께 나눠 가질 수 있었을 거야. 넌 내게 존재만으로도 위로가 되는 사람이었겠지.

  아무리 잊으려 해도, 우리의 어린 시절이 놀랄 만큼 생생하게 튀어나올 때가 있어. 엄마가 택시 안에서 하염없이 울던 날, 너는 엄마 옆에서 사탕을 입에 문 채 잠들어 있었지. 내 팔이 부러졌던 것도 실은 넘어진 내 등 뒤로 네가 올라타는 바람에 그랬던 거였고. 밥 먹기 싫어서 할머니 몰래 밥통에 밥을 덜어 내면 너는 할머니한테 쪼르르 가서는 '언니가 밥을 덜어 낸다'며 고자질을 하곤 했어. 늦은 밤 할머니를 가운데에 두고 서로 자기 얼굴 보라며 귀찮게 하고, 심심할 땐 손바닥을 부딪쳐 쎄쎄쎄를 하며 시간을 견뎠지. 할머니가 우리 베개를 사 온 날엔 서로 빨간색을 갖겠다고 다퉜는데, 할머니가 언니에게 양보하라며 널 다그쳤잖아. 나는 너를 울리면서까지 기어코 빨간색 베개를 손에 쥐었지. 나는 그런 언니였어.

우리가 할머니 집에 오고 얼마 안 되어 막내 고모를 따라 대공원에 놀러 간 적이 있었지. 할머니 집에 오면서 입었던 원피스를 나란히 입고 고모 청림회 친구들과 범퍼카를 타러 갔었잖아. 네 자동차에 동전을 넣었는데 차가 움직이지 않아서 고모가 직원에게 달려가다가 뒤따라오던 범퍼카에 부딪혀 뒤꿈치가 다까지는 바람에 발을 절뚝거리는데도, 우리는 아랑곳하지 않고 핸들을 이리저리 틀며 신나게 운전을 했지. 그때 찍은 사진을 아직 가지고 있어. 고모 친구들과 너와 내가 함께 찍은 사진인데, 나중에 친구들이 보고는 고모를 가리키며 엄마냐고 묻곤 했어. 사진속 함께 있는 널 보면서 이 아이는 누구냐고 묻기도 했지. 내겐 엄마도 없고 아빠도 없고 너마저 없는데 모르는 사람들이 보면 그게 꼭 단란한 가족사진 같은 가 봐. 그게 내가 가진 유일한 네 사진이야. 그 사진 말고는 내가 가진 어떤 사진에도 너는 없어.

　다현아.
　너의 새엄마 새아빠는 어땠니. 아주 어렴풋이 생각이 나. 단발머리 여자와 베이지색 바지를 입었던 남자. 무릎을 쪼그리고 앉아서 네 얼굴을 요리조리 뜯어보며 참 예쁘다고 네 볼과 머리를 한참 쓰다듬었지. 나는 그들이 훗날 너의 새엄마 새아빠가 될 사람인 줄도 모르고 왜 그리 너만 예뻐하는지 속으로 샘을 내고 있었어. 그 사람들은 나중에 우리가 널 다시 찾을까 봐 너를 사망신고로 처리해 달라고 했대. 그게 어떻게 가능했던 건지 모르겠지만, 성인이 된 뒤 가족관계증명서를 발급받았을 때 너는 없었어. 죽은 아빠의 이름도 나와 있는데 어째서 네 이름은 없는 것인지 아연히 종이를 내려다보았던 기억이 난다. 온 세상이 힘을 합쳐 아득바득 내게서 너를 빼앗아 가는 기분이 들었어.
　네가 그 집으로 떠나고 난 다음 날, 멀리 살던 막

내 고모와 삼촌이 왔어. 고모와 삼촌은 어떻게 그럴 수 있느냐고, 너를 다시 데려오라고 울부짖었어. 할머니는 고모와 삼촌을 등진 채 소리 없이 울고. 나만 울지 않고 그 모습을 의아한 눈으로 바라보았지. 네가 엄마에게 간 줄로만 알았던 나는 언제든 너를 보러 갈 수 있을 거라고 믿었어. 하지만 그날 이후, 약속이라도 한 듯 아무도 네 이야기를 꺼내지 않았지. 나는 한동안 나도 엄마한테 가고 싶다고, 왜 나만 엄마를 못 보는 거냐고 보채곤 했어. 그러면 할머니는 또 말없이 한참을 눈물만 흘렸지.

다현아.

너를 그 집으로 보낸 할머니를 미워해야 할까. 어떻게든 널 되찾아 오지 않은 고모들과 삼촌을 원망해야 할까. 엄마와 떨어지고 할머니 집에서 겨우 적응해 가던 널 생판 모르는 사람들에게 보내 버린 어른들을, 우리가 영영 자매로 살지 못하도록 헤어지게 만든 그들을 나는 어떻게 이해하고 용서해야 할까.

네가 그 집으로 가고 너 없이 잠든 첫 밤을 떠올리면 지금도 마음이 무너져 내린다. 내 딸아이만 한 네가 낯선 집에서 잠이 깨 할머니와 나를 찾으며 울었을 걸 생각하면 나 자신도 용서할 수 없는 마음이 되곤 해. 누구라도 붙잡고 너를 다시 데려오라고 발버둥 치고 싶어져. 가끔 뉴스에서 아동 학대 소식을 들으면 혹시나 저 일이 너의 과거는 아닐까, 하는 마음에 질끈 눈을 감는다. 두려운 마음이 들 때면 그저 딸아이를 너를 안듯 꼭 껴안아 볼 뿐이야. 네가 누군가에게 이렇게 안겨 있길 바라는 마음으로.

어느 날엔 네 생년월일을 들고 점쟁이를 찾아가기도 했어. 귀신의 입을 빌려서라도 네가 잘 살고 있다는 말을 듣고 싶었나 봐. 네 사주가 두 어머니를 섬길 수밖에 없는 운명이라는 말을 듣고 점집을 나오면서 허탈함에 웃다가 조금 편안한 마음이 들기도 했다. 나도, 할머니도, 엄마도, 그 누구도 어쩔 수 없었던 운명이었다고 체념하는 것. 그게 내가 누군가를 원망하지도, 미워하지도 않은 채 살아갈 수 있는 유일한 방법이었지.

아빠의 묘비 뒤편엔 너와 나, 엄마의 이름이 새겨져 있다. 오직 아빠의 묘비에서만 우리는 나란해. 우리가 한때 가족이었다는 유일한 증거처럼. 물티슈로 묘비를 닦아 내다가 손가락으로 그 이름들을 하나씩 더듬어 봐. 너와 나, 엄마의 이름을 손가락 끝으로 읽

193

어 내며 아빠에게 너의 안녕을 부탁해. 살아 있는 사람도 할 수 없는 일을, 죽은 사람에게 기대하면서 말이야.

다현아.

이제 와 내가 널 위해 할 수 있는 일은 뒤늦은 기도를 하는 것뿐이다. 네가 그들의 외동딸이길 빌어. 너의 새 부모가 아이를 갖지 못하고 너만을 유일한 자식으로 여기며 살았기를 바라. 너의 숟가락에 맛있는 반찬을 올려 주고, 네가 아프면 종일 마음을 쓰며 걱정하고, 혹시 네가 기억에도 없는 혈육을 찾고 싶다고 하진 않을까 초조해하면서 지냈기를.

나는 내가 보지 못한 너의 모습을 그려 봐. 레이스가 달린 흰 양말을 신은 너. 해맑간 얼굴로 유행하는 만화 주제가를 흥얼거리는 너. 모든 입학식과 졸업식에 가장 큰 꽃다발을 손에 든 너. 거리낌 없이 친구들에게 네 부모를 소개하고, 그들을 존경하면서 맺힌 데 없이 크게 웃는 삶을 살아가는 너. 오히려 네가 '다현'이라는 본래 이름과 나와 함께한 시간을 그저 하루 꿈처럼 잊어버렸기를. 아주 늦은 기도를 해.

다현아.

나는 우리가 다시 만나는 날을 이따금 상상해. 너는 수줍게 네 가족을 소개해. 나는 네가 '가족'이라고 소개하는 그 사람들을 바라보며 가만히 고개를 끄덕이고 있지. 그리고 문득, 그 사람들 얼굴이 '내 삶을 가로지른 사람들 얼굴과 비슷하구나' 하고 생각해.

어쩌면 이 작은 책은 너에게 보내는 길고 긴 편지인지도 모르겠다. 이 책이 네 손에서 펼쳐질 수 있을까. 우리가 다시 만나는 기적이 일어날까. 그때까지 만나는 이들이 내겐 모두 '다현'일 거야.

네가 만나는 모든 이의 마음이 내 마음과 같길 바라며.

너의 언니로부터.

속 깊은 무관심

2024년 6월 20일 처음 찍음

지은이 김수현
펴낸곳 도서출판 낮은산
펴낸이 정광호
편집 강설애
제작 세걸음
출판 등록 2000년 7월 19일 제10-2015호
주소 04048 서울시 마포구 어울마당로5길 16 반석빌딩 3층
전화 02-335-7365(편집), 02-335-7362(영업) | 팩스 02-335-7380
홈페이지 www.littlemt.com | 이메일 littlemt2001ch@gmail.com
인스타그램 @little_mt2001
제판·인쇄·제본 상지사 P&B

ⓒ 김수현 2024
ISBN 979-11-5525-173-7 03810